见过爱情的人

穆熙妍 著
Crystal

29 个真真假假的故事，
讲给你听，
那些爱情里的美好与遗憾

九州出版社
JIUZHOUPRESS

图书在版编目（CIP）数据

见过爱情的人 / 穆熙妍著．— 北京：九州出版社，2016.5（2016.10 重印）

ISBN 978-7-5108-4422-5

Ⅰ．①见… Ⅱ．①穆… Ⅲ．①短篇小说－小说集－中国－当代 Ⅳ．①I247.7

中国版本图书馆 CIP 数据核字（2016）第 119516 号

见过爱情的人

作　　者　穆熙妍　著
出版发行　九州出版社
地　　址　北京市西城区阜外大街甲 35 号（100037）
发行电话　（010）68992190/3/5/6
网　　址　www.jiuzhoupress.com
电子信箱　jiuzhou@jiuzhoupress.com
印　　刷　北京市雅迪彩色印刷有限公司
开　　本　880 毫米 ×1230 毫米　32 开
印　　张　10.25
字　　数　236 千字
版　　次　2016 年 8 月第 1 版
印　　次　2016 年 10 月第 3 次印刷
书　　号　ISBN 978-7-5108-4422-5
定　　价　39.80 元

愿你的那些翻山越岭千里迢迢，

最后仍然值得。

ndon #LoveLond

christmas
party
bookings
early bird booking offer
Best
Southwark

推荐序

你是完美的 /张嘉佳

最好的爱情多简单，四个条件。我喜欢你，你也喜欢我。我适合你，你也适合我。

最好的爱情多复杂，四个条件，却轮流缺席。

无论在哪一天，你双手都是柔软的。

无论在哪一天，你都被我不停想念。

无论在哪一天，你都会收到我的情书。

这是一个有关日日夜夜的描述，你会觉得我越来越眼熟，慢慢轮廓清晰，在太阳下照耀所有的边缘，刻进记忆里，一字一句地说，无论在哪一天，你都是完美的。

见过爱情的人，无论在哪一天，你都是完美的。

自序

我要你被温柔托起 /穆熙妍

这本短篇小说集写了大半年，完稿不难，难的是取书名。

老板、编辑、同事、朋友们都绞尽脑汁，贡献出形形色色的名字。有的惊人文艺，它绝对担当不起；有的搞笑幽默，大概想出奇制胜。

最后决定回归书的本质，叫作“见过爱情的人”。原因很简单，里面的故事大多是以真实的人物、现存的背景、曾经的时空为基础而写成的。

爱情为主，亲情、友情为辅。有得到的幸运喜悦，也有失去的黯然伤神，不变的是勇敢与温柔的态度。

人生很长，谁都难免受苦，这本书是一张细密柔软的安全网，在冷风刺骨的凛冽夜晚，希望某个故事能将又疲又累的你稳稳接住。

我想你明白世界的艰难，可我要你被温柔托起，振翅高飞，永不下坠。

见过爱情的人，故事有我的，有别人的，希望也有你的。

Chapter 1 *Spring*

遇见喜欢的人也没那么容易

真正喜欢你的人，不会为难你，不想浪费过多时间在追求的过程上以自抬身价，因为他明白，这个世界说大不大，遇到喜欢的人却也没那么容易。

Chapter 2 *Summer*

愿所有的温柔都不被辜负

希望你明白自己要的是什么。尽力跑，伸长手去触碰，然后都能得到；最重要的是，得到后不失望。愿你的那些翻山越岭千里迢迢，最后仍然值得。

Galton Flowers
Est 1948
Galton Flowers

Chapter 3　*Autumn*

不是没有快乐过

愿你能勇敢转身，不再与不值得的相拥；
愿你投向的怀抱，从此都属于应该的人。

Chapter 4 *Winter*

走下去就对了

人生不是等值交换，很多时候付出也是枉然。可是你还是要挥汗往前。要迎头奔向风雨，要大步越过水洼，要一脚踏上石阶，要狠狠踩着泥沙。不要怕，因为不绕弯不迷路，不跌倒不脱队，就一定不会得到。

后记

思念的味道

愿最美好的，永远陪在你身边。

—

SEVENEVES
MICHAEL CONNELLY
COLLABORATOR
GERALD SEYMOUR
DBC PIERRE
BIG STAR
LAST OF THE FREE
54
Wu Ming
SEAN CONNERY
MARK JOHNSON
WORLD DRAMA
Woody Allen
Mere Anarchy

Chapter 1 *Spring*

遇见喜欢的人也没那么容易

真正喜欢你的人，不会为难你，不想浪费过多时间在追求的过程上以自抬身价，因为他明白，这个世界说大不大，遇到喜欢的人却也没那么容易。

回声

明明了解你的渴望，却对它袖手旁观。忽略你的呼喊，让它石沉大海，大概就是不够喜欢。

或者是，还不知道自己够喜欢。

刚和小晶做朋友的时候，没人知道她家里那么有钱。

高中的时候，大家读的都是公立学校，住在差不多的住宅区。我们知道她家的房子蛮大，不过那时候房价还没涨，和现在比起来还算便宜。移民来的有钱人很多，住好一点也不能算是很稀奇。后来上了大学，家里给她买了一台小车，牌子顶多算是中上。当时大家身边开超跑的人多的是，她又不怎么用名牌，实在看不出来是个富豪。

后来我们才知道，那是因为她的家教太好，做事太低调。

有次我们在一家小馆子吃猪排饭，边吃边讲股票。初入股市的我们都还是大学生，子弹与经验都不多，理所当然地亏得很惨，那阵子输得几乎去跳楼。小晶对投机市场没有兴趣，在一旁默默地听我们哀号，最后突然冒出一句：“你们有没有买××公司的股票？听说会涨。”

我们一阵骚动，半信半疑地问她有什么证据，是不是有什么亲戚知道内线情报。

只见她按了按手机，确认了一阵子，然后很无辜地说：“我也不清楚，只是听我爸这样说，××公司好像是我家的。”

全场面面相觑，鸦雀无声。一个叫大宝的朋友拍下筷子，义愤填膺地说：“同学4年，你怎么不早说？！你知不知道老子我赔得要脱裤子了！”

小晶一脸茫然：“你也没问啊……”

大家回过神来，死拉住最近惨遭套牢的大宝，和他说这真不关小晶的事。

“你冷静！”我一边劝，一边把今晚的账单推向小晶，“以后让她多报点明牌就好，仙姑还没显灵之前怎么能把庙砸了！”

只听小晶用弱弱的声音抗议道：“哪有这样的，不公平……”

后来那一餐的钱还是几个男生付掉了，开玩笑说这算是进贡的香火钱。

说让小晶报明牌是不可能的，朋友这么多年，我们都知道她对数字一窍不通。她从小读美术，家里做什么生意她也不是不关心，只是听过就算了，也没习惯和别人夸口。后来我们略略得知，小晶的家族投资很是广泛，真正要问她具体的却肯定答不出个所以然。

读书时期，最重要的就是玩和考试，谁家是做什么的和自己实在没有多大关系。我们顶多偶尔损损她是土豪：心情不好、考试分数低、找不到工作、恋爱失败都无所谓，反正家里有钱。她总是很不服气地回答“才不是这样”。

我必须承认那时候很天真，长大进入社会了，才明白关系很重要。有钱的人资源多，钱滚钱赚得快。所以很多人拼了命也要孩子去名校念书，不是为了毕业能进多厉害的公司，而是能认识很多厉害的人。小晶的爸爸没这样做，要么是觉得不需要，不然就是只想她快乐。

然而小晶并不快乐，因为她一直暗恋一个人。

这个人叫作李逸诚，是我们同校的学长。

李逸诚和我还算熟，是半个同乡，当她告诉我们的时候，大家都表示不赞成。李逸诚读哲学系，是个特别纠结的人。纠结这种个性其实不全然是坏处，就像所有事情一样，许多特质都是一体两面的，各有利弊。纠结的人谨慎，追求完美，不容易冲动。但同时他们往往细心敏感，自尊心强，需要小心翼翼地对待，因此并不是世界上最好相处的对象。

大家都知道没心没肺才快乐，纠结的人当然活得又累又辛苦。

比这种人更累更辛苦的，大概就是喜欢上他的倒霉蛋。

“李逸诚这个家伙姿色7分，气质9分，个性……算了，我会介绍别人给你的。”我摇摇头。

“这样听起来分数很高啊！”小晶很疑惑地反问，“那他的个性你给几分？”

“李逸诚这个人没法打分，他是圆周率。”我没好气地回答，“我还是介绍别人给你吧！”

“那还有3分多，”她很认真，“平均起来没那么差啊！”

"3分你个头！"我翻了一个白眼，"圆周率只是个状况比喻，不是实际得分。我问你，圆周率是多少？"

"3.141592……"

"可以了可以了，呐，不是除也除不尽吗？"我打断小晶，"李逸诚这个人是纠结狂加辩证狂，是无穷无尽的圆周率。你还是不要喜欢他比较好，让他和弗洛伊德去床头吵床尾和，我再介绍别的人……"

"这么有趣啊！"她居然笑了。

"……我觉得你需要被掐人中。"我叹口气。

后来，小晶常常自嘲当初的不听劝。她说她谁也不怪，毕竟太上曰："祸福无门，唯人自招。"我记得当时的自己瞪大眼睛，请她好好说话。后来我查过，所谓"太上"就是周朝的哲人老子，后来得道成仙，尊名为圣，人称太上老君。

谈一场恋爱谈到要拿出哲学家、圣人兼神明的语录来自我开解，当事人委屈到什么程度可以想象。

她追逸诚追得非常辛苦。

其实以小晶的条件来说，就算没有显赫的家世，也是人追她，根本轮不到她追人。偏偏李逸诚是穷留学生，家里虽然开一家小公司，但是供他出国读书还是有点吃力。他平常除了上课，还要打工来支付和两个室友合租的住房租金。

以逸诚的话来说，他现在实在没有谈恋爱的物质基础和客观条件，但偏偏小晶就是喜欢他。

于是她常在逸诚打工的书店里转悠，一个下午只为买一支笔或一本书，偶尔也带些点心、饮料，结账的时候若无其事地递上。为了和逸诚有共同语言，小晶读遍了所有哲学系的指定书目，只谈对方喜欢的话题。

我们隐约知道，李逸诚喜欢的另有其人，那个女孩子是有男朋友的，处在两个男生中不知道该选谁，逸诚和她常常一起在学校的海边晨跑。

小晶也听闻了这号人物，但并不因此而气馁。运动白痴的她也开始跟着我们锻炼，只为了以后说不定有机会能和喜欢的人一起踏上沙滩旁的步道。大家看着在健身房满身大汗、动作笨拙的她，皱着眉问："值得吗？"

她回答："运动总是好事啊！"

我很无奈："土豪的世界我不懂，反正你什么都有，爱不到也无所谓。"

她给了我一个白眼："能不能换句台词？"

经过一番努力，小晶终于和逸诚算是交上朋友了。她小心翼翼地呵护着这份友谊，自己的心意丝毫不敢透露，怕给对方造成任何压力。有年夏天我们几个人去欧洲旅行，在巴黎圣母院里，庄严圣洁的气氛让小晶大为感动，于是她寄了一张明信片给逸诚，上面写着：

"在圣母院里点一根蜡烛可以许一个愿。爱情没有公式，世界上有各式各样的相处方法，只要两个人都觉得愉快，无法被定义也不需要和别人交代。说永远太沉重，一生又太漫长，那么我希望你快乐。"

我很不以为然："看这么开，这年头的土豪自带光环，比圣母还伟大。"

她笑笑回答："喜欢你的什么都不用说，不喜欢你的说再多也没用。这样就够了。”

我不由得肃然起敬。原来道理她是知道的，无能为力的只是感情。

回去之后没多久，听说逸诚就和那个女生分开了。或许是悲伤和寂寞，逸诚终于接受了小晶，两个人开始正式交往。

我们以为小晶会欣喜若狂，然而她没有。

那一个深秋，小晶选修了天文学的课，作业是要大家找个没有光害的地方，画出指定的星座。她问逸诚能不能和她一起去，可是他皱着眉头说没空。

于是小晶自己在深夜开着车，选了一个伸手不见五指的地点。摊开了纸笔，分辨出南北，她想了想，又拨了电话：“星星看起来都差不多，我脖子很酸，这里风好大……我有点怕，你能不能来陪我？”

电话那头传来逸诚的声音：“我对星象也没研究，你做完作业就快回家吧！”

小晶挂了电话，望着漆黑的海水发呆。她选的地点，是以前逸诚和别人一起晨跑的海边。

冬天过去后是小晶的生日，我们一早就计划帮她庆祝，但是小晶坚持不肯。她说逸诚会和她过，要大家别打扰他们约会。

我开她玩笑：“你确定人家记得？”

她非常肯定地点头，因为逸诚的爸爸和她刚好同一天生日。

那天晚上，拒绝一切邀约的她等到十一点半，可是电话一直没响。最后她自己带着早就准备好的蛋糕，去按逸诚家的门铃。

正在看书的他很惊讶，问她怎么会突然来。小晶笑吟吟地回答：“就是想看看你，陪你吃点心。”

然后她坐下来，拿出生日蛋糕插上蜡烛，对着逸诚说：“能不能唱首歌给我听？”

那一刻，他才终于想起来。

逸诚脸上的表情很丰富，有惊讶、有尴尬、有愧疚、有歉意，但就是找不到心疼。

吃完蛋糕，小晶还能俏皮地道谢。她轻轻地带上门离开，留下逸诚独自坐在餐桌旁。回家的路上，路上的街灯迅速掠过，在急涌而出来不及擦的眼泪中化成光影。终于小晶停在路边，趴在方向盘上痛哭。

我听说了这件事，但没问她值不值得。这次我不想再开玩笑，打趣她是土豪。

因为我终于明白，没得到想要的，谁都会失望痛苦。

而失恋这件事无论对谁，永远都有所谓。

喜欢大概从来没有逻辑。和条件无关，和原因无关，所以我们莫名其妙地爱与被爱，没理可循地拒绝，无疾而终地失去。

铃兰开在四月，枫叶红在秋天，天地万物都有它的季节。坚持在不属于自己的时间绽放，大概就只能收获伤心。

你迈着步伐，蹒跚地登上高山。挣扎爬过雾线，汗水滴落苔藓，一路或许也会有好风景，但都被你视而不见。你朝另一边的山头那儿喊，只求一点支离破碎的回应，对面却像按了静音键，鸦雀无声。

谁喜欢你，你喜欢谁，随着时间过去，终究会踏雪成泥，成为路上深深浅浅的脚印。回头再看，当初爱上的原因已不可考，甚至觉得很无聊。但你永远会记得自己曾孤独地站在山巅，声嘶力竭之后那一片苍凉的死寂。

没有回声的路，到底能走多久？

我也劝过小晶，要她别再硬撑。上辈子谁也没欠谁，她已经尽力过了，可以了。

“放心，”她对我微笑，“我不是硬撑，我只是还没喜欢上别的人。”

之后没多久，他们就分手了。算一算总共才在一起六个月，比小晶追逸诚的时间还短。

分手的时候，逸诚对小晶说，毕业后他要回去当兵，之后要拼事业，不想让她等。

“我们还是可以做朋友，”逸诚摸摸她的头，“最好的那种。”

小晶点点头，没有多做争辩。没有话事权的那一方，再说什么也都是白搭。

毕业后，小晶自己投履历，最后在一家画廊工作。逸诚入伍当兵，为期一年四个月。

从受训开始，小晶每天写一封信寄给逸诚。有时候洋洋洒洒好几页，也有的时候只有一张纸。内容天南地北什么都有，讲她最近看的电影、同事的聚会、季节的转换，就是没有提喜欢。信去得很频繁，邮差没办法每天准时投递，于是逸诚可能今天什么都没有收到，第二天一次领两封。

写信变成了她的信仰，以最虔诚的态度，用最轻松的语气，把最永恒的心意寄出去。

逸诚从来没有回复过她。

然而就在距离退伍只剩一个月的时候，信停了。

刚开始没信的几天，逸诚以为小晶或许是生病了。后来一两个礼拜过去，他心里开始忐忑。派信的弟兄比逸诚还不习惯。一年多来，整个连上的人都知道他有一个痴心的“好朋友”，在苦闷的军旅生涯中每天不断地为他加油打气。逸诚打过电话给小晶，可是没有接通。众同袍欢天喜地，感动落泪，吃饭的时候把鸡腿都夹给他，庆祝逸诚在退伍前让这个连的“兵变纪录”得以保持辉煌。

退伍后，他来找我。

我看着他，短短的头发让他显得有点呆，除了晒得很黑的皮肤，最明显的差别就是手臂变得很壮，几乎是以前的两倍粗。我心想小晶如果看见现在的逸诚，一定会惊骇地笑，说她根本认不出来。

他带着一个大盒子，打开来给我看。里面是这一年多来他写好了，但没有寄出的几百封回信。

“我一直很纠结，不知道自己是真的喜欢小晶，还是只被她感动。”逸诚有点腼腆，“但我现在想通了，无论是什么，原因不重要，喜欢就是喜欢。”

“就算和她家境相差悬殊，”他很认真地说，“我也会努力，好好珍惜她的。”

我点点头，一句话都不敢说，生怕开口就破坏了此情此景，那小晶一定会怪我。我得把这一刻牢牢记得，替她存着。

小晶如果听见现在的逸诚说的话，一定会开心地流下眼泪，因为她终于等到了回音。

我带他去了小晶家，走进大得无边无际的客厅，向她的爸爸妈妈鞠躬之后，我们才能对着她的照片说话。四周都是碗口大的白色牡丹，这个土豪最后终于高调了一次。

“雨天的晚上，小晶下班过马路，”我的声音很镇定，“对方酒驾，闯红灯，她一点机会都没有。据说当场就走了，大概不是太痛苦。”

这一次，逸诚脸上只有一种表情。他哭了，这次大概有心疼，更多的是心痛。

那天之后，我们都没有联络。过了很久，有一年又到了小晶的生日。

我起了个大早，带着前一天准备好的花去看她。远远看到一个修长的人影，走近才发现是逸诚。他对我颔首示意，我们在树荫下坐着。

“你还记得小晶写的那些信吗？”逸诚问我，我点点头。

“那个时候我们的班长特别喜欢刁难人，要领信之前，他都要求收信人做俯卧撑。”

“有时候三十个，有时候五十个，倒霉遇到他心情不好的时候，一封信一百个都有可能。”他苦笑。

“为了收小晶的信，我常常做到整个人虚脱，手抖得连信都拿不住。”

“我现在常想，自己能早点想开，寄出回信就好了。就算命中注定还是要发生意外，起码我能回应她的喜欢。”

回南天的水汽很重，我们四周缓缓聚起了雾，树梢渐渐隐没，缥缈得仿佛身处山巅。你等待的人终于来到顶峰，在我身旁无声地呐喊，震耳欲聋。

我希望这次小晶终于能听见。

“她不会怪你的，我想她都明白，”我转过头对他说，“你不要内疚，谁都没欠谁。你尽管去谈恋爱，不需要证明什么。”

“你放心，我没有。”逸诚点点头，“我只是还没喜欢上别人。”

香炉里的香，上升着袅袅轻烟，不知道能传达什么，又会去到哪里。

爱情没有公式。这世界上有各式各样的相处方法，只要两个人都觉得愉快，无法被定义也不需要和别人交代。

但是你知道吗？这道题目或许有着千变万化的计算方法，答案却是不变的。

那就是，真正喜欢你的人不会让你失望痛苦；不会明知道你怕黑，还让你孤单地在暗夜中走过山林；不会眼睁睁地放不谙水性的你，独自在波涛中逐渐灭顶。

明明了解你的渴望，却对它袖手旁观。忽略你的呼喊，让它石沉大海，大概就是不够喜欢。

或者是，还不知道自己够喜欢。

我喜欢你，你听见了吗？这是我的回声。

French CHARCUTERIE
French FROMAGE
A MAGNIFIQUE Range of SAUCISSONS
COMTÉ CHEESE
·Cured ham ·Pork belly
·Dried beef ·Smoked Ham
·Rosette etc.
·Mont d'or ·Morbier
·Raclette ·Bleu de gex
·Cancoillotte etc.
Approuvé by RAYMOND BLANC
We handpick the best quality products from our regions best artisans
Our friendly staff are happy to answer all your questions Tuesday to Saturday
thefrenchcomte.co.uk
@thefrenchcomte
FRENCH CHARCUTERIE

没有那样的童话

这么努力，不就是希望能得到幸福吗？

坚持爱一个人很容易，不被爱还坚持才困难。你怀抱着信仰，把他当作你的麦加，跋涉千里只为了朝圣，向自己证明努力就会拥有。

时间是傍晚六点十五分，我还塞在下班的车阵里。

车窗外，天空用尽了所有的暖色系，仿佛在呼应我的心急如焚。约定的时间是六点半，我就要迟到了。

“完了完了，”我心想，“今天是早就约定的大日子，难得那么多老朋友能聚在一起，迟到肯定要被罚酒，不能善终。”

到了饭店，我付了车钱，提起长裙就往大厅里奔。嫌电梯太慢，我转向楼梯，一路咚咚咚地跑上三楼。

好险赶上了，我露出胜利的微笑，匆匆找到自己的位置坐下来才终于喘了一口气。

“哎哟！”一向狗嘴吐不出象牙的大头打量着我的古董蕾丝裙，“今天男扮女装啊？”

“哎哟！”我头也不抬地回敬，“今天精神病院放假啊？”

大家一阵哄堂大笑，我环顾四周，菲儿、志达、Kevin、Jason、Paul、小茹……到场的有十几个人。我们都是高中同学，这是今年第一次聚得那么齐全。

然而女主角还没到。

“晓菁呢？”我问。

“马上就来了吧！”志达一边往嘴里塞花生米，一边悠哉回答，“她这个人，就是拼命三娘，这点你应该比我们更清楚。”

大家纷纷点头同意，我的心神飞出去老远，想起十几年前的晓菁和我。

我16岁就认识她了。那时候我们一起在课余兼职做模特，同龄女生初恋都还没影子之前，我们就因为工作披过好几次婚纱。我从来不是浪漫型，每次定装的时候，都笑说趁这个时候过过瘾也好，因为自己大概这辈子都不会结婚。而晓菁每次从试衣间走出来，都让人眼前一亮。她的皮肤很白，脸又小，却有一双不合比例的大眼睛。我常觉得没有人比她更像童话中的公主，她修长的四肢与细致的脖子，特别适合穿白纱。

更别提她上得厅堂下得厨房，家事还一把罩。我常觉得如果我是男人，一定要娶这样的女生。

毕业后，我们申请到不同的大学，不过还在同一个城市。我的大学4年过得像一串爆竹，上课、约会、打工、比赛、游山玩水，时间噼里啪啦过得又快又响。晓菁的眼光很高，毕竟她的条件很好，她自己也知道。她在大学4年一个男朋友都没交过，生活除了上课下课，就是一些社团活动。

她总是和我说，要等到真正梦想中的人，才愿意把自己交出去。坦白说，这点我不太苟同。青春嘛，就是要多交几个对象，老了才有回忆，也多认识自己。

是的，不是多认识别人，是多认识自己。

看再多书籍与文章，听再多经历和故事，都比不上真实紧握的手掌和轻轻交换的亲吻。你总要真的被气红了眼眶，才知道什么叫作爱情里眼里容不下一粒沙子。发现暗恋对象也喜欢自己的那天，整个人轻飘飘的，像踩在云上，搜索枯肠也只能用心花怒放来形容。

所有的理论，都不如亲身去体验。不管遇到的是什么样的人，最后是撕心裂肺抑或怅然分开，你都会收获更清晰的自己。你才能明白“啊，原来我可以接受这个，但那样不行，那是我的底线”。

而这个世界上，没有什么比了解自己更珍贵。知道自己要的是什么，你才有奋力追求的方向。

以上，是我每次恋爱失败的自我开解法，亲测有效。

无论如何，晓菁坚持要等待心中的王子，就在我嗤之以鼻的时候，他真的出现了。

李奇刚从英国毕业回来，是她爸妈介绍的。两个人算是相亲认识，只不过没有媒人，初次见面是以接风的名义，气氛很轻松。而且不知道是不是命运，李奇和晓菁长得还有点像，一样有白皮肤、大眼睛。

从来没有恋爱过的晓菁一头栽了进去，在双方父母全力催动之下，很快和李奇出双入对。第一次投入感情，她用尽了所有的心力。

细心打扮，投其所好，费尽心思煮他爱吃的菜。每次在他面前出现，都闪着幸福的光。

那个时候我也很幸福，因为每次在晓菁正式煮给李奇吃之前，都会先找我和大头去试菜。

“哇！你的手艺越来越有进步了。”大头一边怒吃刚出炉的椒盐子排一边大为赞赏，我抬头看到晓菁的手上大大小小好几个烫伤与割伤的痕迹，突然就没了胃口。

我放下筷子，看着满头大汗的她，正忙着为一个三层的便当盒盛盘，那是第二天她要送去给李奇的午餐。

“值得吗？”我双手抱在胸前，靠着厨房的门框。

晓菁愣了一下，反问我：“怎么说？”

我皱着眉：“他也为你付出这么多吗？”

“哎呀！”她对我笑笑，“感情不是这样计较的。”

我很想再说些什么，但在大头的眼色示意下，终究还是没开口。我知道谁爱谁多这个问题有时候没什么意义，毕竟每个人个性不一样，男人和女人的表达方式也不同，无所谓苛求。

我所不知道的是，为什么一个很喜欢她的男人看着她手上的伤口，还能坦然吃下她每天煮的饭。

离开晓菁家，我无论如何不能舒坦，于是把一口闷气出在大头身上：“吃吃吃，你就只知道吃！她那样你也不劝劝她！”

大头抽着饭后烟，缓缓吐出烟圈：“为了喜欢的人努力有什么不对？”

我一下子竟无可反驳。

“人啊，总要相信什么才好，”大头笑笑对我说，“努力就是晓菁的信仰。”

接下来我们都没说话，默默地吹着晚风走在台北街头。我总觉得哪里不对，但是又说不上来。

思绪被大头拉回来，我只听到他的下半句话：“……漂亮。”

“你刚刚说什么？”我带着歉意的微笑。

“你是不是耳背？”大头没好气地说，“我说，这间宴会厅布置得很漂亮！”

“噢噢！抱歉抱歉。”我这才注意看了看四周，灰紫色和银色的搭配，的确蛮雅致的。

灰紫色是晓菁最喜欢的颜色。

很快他们俩就结婚了，她很用心布置家里，用的也是这个颜色。婚礼当天，所有的客人都在称赞新人真是漂亮的一对，以及这个婚礼办得多么精致，男方一看就知道是大户人家之类。李奇的爸爸妈妈笑得当之无愧，只有我知道晓菁在这光鲜背后花了多少心血。

席开八十几桌的大场合，李家觉得不需要请婚顾，给的预算又非常少，却事事挑剔，要求必须大气高端，什么都要最好的，让晓菁伤透脑筋，大大小小的细节都需要新娘亲力亲为。结婚的前一晚，我和大头还在她家做手工，剪拍照背板上装饰的立体蝴蝶，手指都磨得肿起来。

“搞什么鬼！”我终于把剪刀一摔，手上的蝴蝶被撕得稀烂，“这种事为什么要你来做啊！”

“喂喂喂！”晓菁急了，“你不要越帮越忙行不行？”

“你是新娘耶！不是家庭代工！”我气急败坏地说，“明天就要结婚的人了，现在不是应该要敷个面膜早点休息吗？”

"我会我会，"她安抚我，"就剩一百多只，剪完就没事了。"

"你那良人呢？"我又怒，"怎么让你自己在这里弄？"

晓菁连忙回答："他也没办法，还在公司开会。男人嘛，本来就是对这种事不擅长。"

她笑笑："何况我还有你和大头啊！"

这一句话提醒了我，我们同时转过去，只见坐在角落的大头早就仰躺睡着了，手上还握着剪刀。他身边剪好的蝴蝶堆成小山，一点优美的弧度都没有，翅膀的形状呈现死气沉沉的一团，像两瓣过年吃的乌鱼子。

谁都没办过婚礼，也没有人天生就擅长这些细节。

不会做没有关系，但是起码可以陪在身边。即将启程去新世界的你，并肩站在月台上的应该是一起旅行的同伴。

结婚之后，李奇自己开了一家贸易公司，他说创业很辛苦，要晓菁也每天跟着去帮忙；于是她除了家事，还要全职工作。

我曾去他们公司找过她，看见她电话不绝，忙得焦头烂额，隔壁房间的李奇也在讲电话，谈的是晚上要去哪家酒店应酬。

我看着瘦得多了的晓菁，想起她在厨房忙进忙出的那个晚上，终于明白自己当初说不上来的不对劲是什么。

太拼了。

为感情努力不是不对，可是要平衡。就像吃苦、付出、挣扎都不是负义词，重点是"一起"这两个字。

单打独斗的爱情，得到了也是寂寞的。

晓菁和李奇的婚姻，终于一年之后崩盘。

后来这大半年，公司生意逐渐上了轨道。李奇的应酬越来越多，有几次甚至夜不归宿。他在早上回来，总是说前一晚喝太多了，不想打扰她睡觉，索性就睡在好兄弟的家里。

晓菁默不作声，他怎么说她怎么听。有时候人生就是这样，无力改变的我们选择不追究，看不到就能假装没发生。

可是更多时候，不是我们决定出场，就能找到一起演对手戏的人。

李奇没有给她这样的机会。

过了几天，有一个陌生女孩打电话给晓菁，宣称是李奇的女朋友，来势汹汹地要她把正宫的位子让出来。

当天晚上，两个人在开车去应酬的路上吵架，李奇对外遇全盘否认，可总是隐忍的晓菁像是发了疯，对他的说法不轻易买账。她要李奇当面打电话给那个女孩子说清楚，正吵得不可开交，李奇猛地在半路上靠边停车。

“滚下去。”他冷冷地对晓菁说，眼睛直视前方。

一个小时之后，我沿着手机定位，终于在一片稻田旁的公路上找到了她。

穿着细碎亮片裙子的晓菁，独自走在人烟稀少的路边。夜有点深了，静悄悄的路灯一盏盏接力，用微弱的光线牵起手，护送她一站站地走。她像个迷路的孩子，努力往前进，却不知道脚下的路通往哪里。

出发点是蓝色，目的地是红色，手机上显示最省时省力的路程，可惜不是谁都知道方法。大部分的时候，我们只能见招拆招，难免显得狼狈，难免跌跌撞撞。

我将车滑到她的旁边，她开门上来，一语不发。

“还好吗？”我轻声问。

“嗯，”晓菁把头靠在车窗玻璃上，“就是走太久，有点累。”

“那你把椅背往后靠，休息一下吧！”我示意她按门上的按钮。

她将椅子往后调，侧过头闭上眼睛。就在我以为她睡着了的时候，晓菁低声说：“你看我，等了那么久才出现的人，结果是这样。我这么努力，到底为的是什么？”

我转过头，看见她闭上的眼角里流下了眼泪。

我没有回答，眼泪冲出眼眶。晴朗的夏日夜晚，车里却下着倾盆大雨，我们被淋得措手不及，连撑起一把伞的机会都没有。

这么努力，不就是希望能得到幸福吗？

坚持爱一个人很容易，不被爱还坚持才困难。你怀抱着信仰，把他当作你的麦加，跋涉千里只为了朝圣，向自己证明努力就会拥有。

可是你不明白的是，他的耀眼和伟大，其实都来自你的给予。没有人值得被放在那么高的位置，其实最珍贵的，是一路以来意志坚定，一步步往前的你自己。

那么累，就不要爱了吧！

过了几天，晓菁和李奇正式离婚。那一个下午，我自告奋勇地要陪她去签字，她笑笑说不必。手续办得很快，结束后她来找我，说要庆祝重生。

我们去了一个酒吧，不胜酒力的晓菁很快就有些醉意，她撑着头，铺泻着一头长发。吧台后面的墙上挂着电视，我们没说话，盯着屏幕上的主播，她正报道一段新闻，内容是一个得了阿尔茨海默病的老人，把老伴都忘记的真实故事。

“你别说，”晓菁抬着醉眼，斜睨着电视，“得了失忆症也不错。把过去都忘得一干二净，多轻松。”

刹那间，我的眼睛有点湿。

与旧生命告别，挥挥手还不够，得要多束手无策，才必须如此破釜沉舟。

“你放心，”她笑着拍拍我的肩，“就算我再怎么痴呆，都会记得大头和你。”

我扬一扬手中的酒杯：“先谢了，还算有点良心。”

人生走到现在，必须带上的那么多，何止两个朋友。

宁愿患失忆症的人，恨不得摒弃所有行囊。

你只身上路，想忘记的只有一个他。

从此后，每年我都替她过两个生日。直到今年，她和我说这是最后一次。

因为晓菁要结婚了，正确来说，是再婚。

去年她遇到了一个很好的男人，是在工作的场合认识的，年纪和她差不多。晓菁曾给他机会询问自己上一段婚姻的细节，据说这个男人只是耸耸肩表示：“没什么兴趣，反正我确定他是个笨蛋。”

我想，她这次不会再那么累了。

在一对可爱的小花童以及两对伴郎伴娘走过之后，晓菁终于勾着她爸爸的臂弯出现在宴会厅的门口。我们这桌爆出热烈的掌声，大头更吹起响亮的口哨。

她穿着浅灰紫合身的礼服，裙摆的鱼尾显得高贵而优雅。晓菁没有穿白纱，我记得试装的时候，她坚持不要白色。

“谁说再婚就不能穿白纱？”我很不苟同，“你不要管那些习俗，爱穿什么就穿什么，不要告诉我二婚的女人就不配白色，I don't buy that shit。”

“是我自己喜欢紫色，”她从色彩缤纷的绫罗绸缎中抬起头对我一笑，“更何况我配不配岂是别人说了算的。”

我笑了，点点头。突然鼻子一酸，为了隐藏就要冲出眼角的泪水，转头往窗外看。

台北著名的婚纱街，两旁的树影随着午后的风轻轻摇曳，把从叶缝中透在地板上的光，筛得细细碎碎。

恍惚中，我们好像又回到18岁那年，在后台试装的那天。兵荒马乱的青春期已经过去，晓菁的笑容也和记忆中的不太一样：多了一点沧桑，却也增加了自信，更多的是那一点满不在乎。

是一种与伤痕相安无事，和自己福祸相依的觉悟。

我无法说谎，有时候也会怀念少女时代的无忧无虑，小事就能兴奋不已，每次畅快的笑声都像在纪念青春。

站在时间长河的这一边，凝视着过去的那两个女孩，她们甩着闪亮漆黑的长发，雀跃且用力地向我挥手，更像在与期待的未来打招呼。

我很想大声叫喊，告诉她们要注意湍急的水流，小心隐藏的旋涡，提醒她们被冲垮的时候不要惊慌，快要溺毙的时候记得拼命往上游。

但迟疑之后，我还是选择微笑沉默。

很多事是要亲身体验的，没有被狠狠打倒在地上过，不知道自己能有多强。我们都变了很多，但还是越挫越勇。人生或许和想象中不一样，可是我们不能认输，因为一旦束手就擒，命运就会顺理成章地欺上来，把原本细微的希望变成确实的不可能。

当然就算这么努力，也不见得能把想要的抓在手里；人生不是等值交换，很多时候付出也是枉然。

可是你还是要挥汗往前。要迎头奔向风雨，要大步越过水洼，要一脚踏上石阶，要狠狠踩着泥沙；把那些辗转难眠、伤痛欲绝从身体里挤出来、沥出去，通通甩在后面。

因为就算是白雪公主也得咬一口毒苹果，睡美人从16岁开始就活得像一棵菜。

不绕弯不迷路，不跌倒不脱队，就一定不会得到。

没有那样的童话。

最浪漫的事

常常在访问中被问到，恋爱经验里发生过最浪漫的事是什么，或许是因为感情已比较稳定的关系，每次我都要想好久。

但最主要的原因，大概是我对于浪漫的定义，和大家想听到的不同。

就像爱情有很多种面孔，而每个人的浪漫，本来长得就不一样。有的人向往轻歌曼舞；有的人喜欢雨中散步；有的人非得要大捧玫瑰做点缀，或是一本正经坐在高级西餐厅里，两个人中间闪烁着烛光。

这些也很好，任何带着诚意的举动都不需要别人认同。但努力回想，我最珍惜的时刻，其实气氛上都有点贫瘠，还多半没有可以拍照秀恩爱的道具。

有个男生朋友曾得意扬扬，描述他如何花心思替当时的女友过生日。两人一整天都在一起，他却故意迟迟没有表示，正当晚上十二点都快过了，女友以为他忘记而大发脾气的时候，他笑嘻嘻地带着她往山顶开去，在璀璨的夜景前拿出后备厢里准备好的礼物和玫瑰花，让她瞬间破涕为笑。

那时候我还小，却对这件事印象很深，因为听了之后，我脸上能皱的地方都皱了起来。如果你看过鸟山明大师画的漫画《阿拉蕾》，就知道里面有个超人口头禅是“口含酸梅撕破烂”，他每次出场的时候都会一脸苦相，和我当时的表情一模一样。

朋友非常自豪，问我此举是不是很浪漫，我非常不以为然地回答：“你是不是才3岁？”

这种所谓的浪漫，我有幸一辈子都不曾体会。大部分的人对于玫瑰花与礼物应该都没意见，问题出在故意装作忘记这件事上。谁会喜欢先被打一巴掌，再给一颗糖？

太刻意了。

所谓浪漫，贵在自然与不经意，大概是以体贴为主，再加一点漂亮的花边。

不是说不能计划，毕竟气氛是需要经营的，想让对方快乐，原本就是一种带点讨好的心意。但回想过去，让我印象深刻的那些浪漫，多半融合在生活之中。注意聆听对方说过的话，记得他的喜好。常常把他放在心上，除了口头关怀，再加上一些行动就可以了。

不要大张旗鼓，不须逢年过节。浪漫不是一项表演，而是一种包装。重要的是内容，里面承载的应该是非常多的喜欢，或是爱。浪漫是蛋糕上的奶油挤花，华丽的装饰下如果空洞，那么再花哨也只让人觉得油腻。

不是每个人天生就具有梦幻的浪漫细胞，屏幕上男神的那些迷人的一举一动都是经过编剧的安排的。在现实生活中，如果一个人情话能流畅地脱口而出，他遇到你才突然开窍的机会很小，更可能的是他之前经过了许多练习。

这也没什么不可以，只要他行动胜过语言，不然再夸张的举动，以后想起来，不过是毫无意义的电影场景。

合理地重视节日，但明白长远的感情更需要每天一点点累积，比起日历上的特别数字，生活中持续的付出才更难得。冷天气的一杯热茶、削好皮的一个水果、牙刷上挤好的牙膏、早与晚的一声问候，这些远比情人节不落人后的花束浪漫。

因为看来琐碎的日常背后是理解、关心与体贴。最重要的，应该是不可或缺的，你或许一时察觉不到，但它真真切切地在那里，紧密贴合在生活中，将你包裹起来，静静地看时间流淌，四季转换。

每天尽力让喜欢的人柔柔的、暖暖的，这些闪亮会随着岁月积攒，虽然看似微小，绽放起来的光芒却无可替代。

只要一个人，让你快乐的时刻比难过多，少点戏剧性真的无所谓。

那才是我能想到的，最浪漫的事。

爱情亲口告诉我的事

喜欢就努力追，理亏要改过，犯错了好好道歉。

吝于付出还期待别人一个劲儿往自己身上贴，这不是爱无能，这叫下降头。

别弄混了，两者之间的差异不止一点点。

哪来那么多狂霸酷炫跩，谁也不是谁的谁。

做一颗星星，照亮想念的天空

我们没有能力挽留要离开的人，即使有的时候我们万般不舍得他走，即使很多时候我们以为那个人能陪我们很久。

可是啊，没关系。你就做你自己，去你想去的地方。

我这个人有一个很怪的交友准则，就是喜欢有趣的人。

所谓有趣，不单是指好笑，可能还得是特立独行或者我行我素，反正就是和别人不一样，所谓跳脱出常规框框的那种“怪人”。那时候还不流行“梗”这个字，我有兴趣做朋友的，大概就是有梗的人吧！

这也就是我和大头的友谊能维持这么久的原因。

我和大头住在同一个城市，高中读不同的学校，一个在南，一个在北。我住在房价很高的南边，常被他戏称为大小姐。他当时出入的地方龙蛇混杂，我总叫他小流氓。

我们两人的生活圈完全不同，身边也没有任何共同朋友。华人虽多，但在这个不大不小的城市，过上一辈子都不认识也是很平常的事。

然而我永远都会记得认识大头的那个晚上。

那是一个周末，我和几个朋友看完电影，去一个日式居酒屋吃夜宵。那个地方华人开的店很多，离我们这个店面不远就有一间KTV。吃完饭我们准备要走，还没出店门就听到一阵吵闹声。男生朋友们要我们女生待在室内，他们先出去看看动静。没几分钟男生们皱着眉，回来说：“隔壁KTV有人打架，店家已经报警了。”

既然事态不严重，避着走应该没事，所以我们还是开门离开。出门的时候，我忍不住好奇转头往里面看。大开的店门里，有两群和我年纪差不多大的男生正在对峙，倒没有想象中的混乱。

就在我想说“这哪里算打架”的时候，一个穿着紧身黑皮裤，横眉竖眼肌肉鼓起的男生，手抓着一个塑料水壶跳上柜台，嘴里的话还没喊完，水壶里的饮料洒得身上和台面上都是。于是，他连人带壶滑倒，从柜台的一端滑到了另一端，摔在柜台下面。从门外传来一阵吵闹咒骂，没几分钟他和几个男生从门口奔出，往我们这个方向狂跑。

我这个人反应比较慢，身边的朋友早就快步避开，我还站在原地动也不动。皮裤男手无寸铁，几个男生寡不敌众，眼看就要被后面的人追上了。

或许是不喜欢看到以多欺少，也可能只是哪根筋不对，皮裤男冲过我身边的时候，我把手上喝完一半的玻璃瓶弹珠汽水就这么递给了他。

当年那种饮料不在当地生产，要从亚洲运过来，只在几个华人市场有卖。一瓶差不多就要两三块加币，几口就没了，就是喝个气氛和造型，通常是男生买来讨女生欢心用的。

皮裤男愣了一下接过，看着我笑了，然后转身拿起瓶子就往后面的人头上敲。

那个皮裤男就是大头。在后来的日子里，他一直说那瓶弹珠汽水是我送他的第一件礼物，被敲的那个男生后来头上缝了五针。

而不管我怎么否认，大头坚持我就是他的共犯。

过了几天，大头带着几个兄弟，开着改装得面目全非的荧光车，轰轰轰地来我的学校找我，坚持要摆酒谢恩。我不喝酒，所以这顿谢恩宴改在珍珠奶茶店。

那个下午，几个穿着紧身T恤的肌肉男一边调戏人家的店花，一边讨论喝什么看起来比较Man。大头向我介绍了自己，并且解释了那天他们和别校宿敌打架的原因。最后他们秀出每个人胸口一大片同位置不同造型的刺青，得意地说："我们这群都是虎，他们那边都是龙。"

当时很流行港片古惑仔系列，《友情岁月》这首歌人人都会哼唱几句，但电影归电影，我万万没想到真的有同龄人把生活过成这样。事实上那还是我第一次认识穿黑色紧身皮裤的男人，错愕之余笑得眼泪都喷了出来，趴倒在桌上。

大伙儿瞠目结舌，不敢相信有这么胆大包天的女人。

"你是不是找死？"大头咬牙切齿地问。

"啊哈哈哈哈哈哈哈！"

"你到底笑什么？！"他几乎把手里的饮料瓶捏爆。

"哈哈哈！"我上气不接下气，"郑伊健的头哪有那么大！"

大头曾恨恨地说，要不是我救过他一命，那天一定就是我被珍珠噎死，命丧黄泉之日。

从此我的生活开启了新世界的大门。大头带着我逃学、拼酒、打撞球、蹲在漫画店看漫画、看不合法的私人改装车比赛。有几次大家围着吃火锅，狭路相逢遇到他们的对头，一群男生紧张得各自握住茶壶和椅背，随时准备抄家伙反击，只能腾出一只手，战战兢兢地伸出去夹蛋饺和肥牛。

大头有个好处，对于我们不同的生活环境从不觉得冲突。他不装，很原始，坦白承认自己不懂的事。身处与他格格不入的人群中丝毫不觉得尴尬，也从不稀罕别人瞧不瞧得起他。每次开车来接我的时候，他们都故意把音乐开得很大，一路轰轰轰地鬼吼，隔着三条街口就能听到。我有次问为什么老是要这么大声，他一本正经地回答："你朋友的车子马力都那么猛，我们输人不能输阵，起码声音要大过人家。"

就这样，我们变成了最奇特的朋友。在大头好勇斗狠的青葱岁月里，我大概是他生活里唯一正常的部分。

省考的那段时间，大头的爸妈对他下了最后通牒，说无论好歹一定要捞到个学校念下去。于是我每天为他画重点，通宵达旦恶补了两个礼拜，那是我一生中在他面前说话最大声、最扬眉吐气的日子。想当然耳，大头还是没申请到大学。但是他在小区大学重修学分的时候，英文老师特别通融，在考试前一天公布作文题目，他就靠着熬夜把我事先帮他写好的作文背下来，第二天一字不漏地写在试卷上，次次考试都拿A，傲视同侪，成为班上的大文豪。

而在我被父母的期待逼得透不过气来的时候，大头总是一句话不说，拎着酒瓶陪我在下雪的夜里来回走Burrad桥。有次因为报考大学的事和我爸大吵，大头开车带着我去了山上一所小学校，那是我第一次翻墙，爬进上面写着“禁止进入”的地方。

我们摸到了校舍的顶楼。那是一个秋天的夜晚，云层很少，星星从天空的一边斜斜连到另外一角，多得令人难以置信。

“呐，小流氓，”我看着市中心的夜景，闷闷地说，“人啊，得到的越多，被期待的也越多。你说我们什么时候才能为自己而活？”

大头沉默了几秒，一边有一下没一下很没公德心地往楼下扔碎石头，一边说：

“我是这样想的，你看天上那么多星星，只有一个月亮……”

我回过头，心想这都什么时候了你还和我讲废话，差点一脚踢死他。

大约是看出了我的意图，他急忙接着说下去：“我的意思是，月亮只有一个，但是星星有亿万颗，大大小小，还有不同星座。你们女生不是最喜欢研究这些吗？星星排列组合，意义好多。可是月亮就只有上弦月、下弦月，有时候还来个月食……哎呀，我不会讲，我想说，那个……”

大头抽了几口烟，整理了一下思绪，最后拍拍我的肩膀说：“不是每个人都能成为独一无二的月亮。你就做你自己，快快乐乐的。喜欢你的人抬起头，知道你在哪个方向，自然能在天空中找到你。”

我看着远方轮船的闪烁灯光，一边笑一边点头。然后靠着大头的肩膀，狠狠地哭了一场。

后来我们都回到亚洲发展，大头改邪归正，穿上了西装，变成了科技业的业务骨干。他把以前打架的狠劲全都运用在抢客户上，倒也做得有声有色。我的研究所课业繁重，念得焦头烂额，每次和他见面闲聊的时间也不多，大头总是抗议我这读书人嫌弃他是一介莽夫。

读到研二，我开始在外面接一些案子来做，慢慢培养起自己的客户。有一次，某个合作过几次的企业大老板聘请我做三天的随行口译，每天起码从上午九点要翻译到下午五点。到了最后一天，他为了替国外嘉宾饯行，问我能不能陪同晚上的应酬，晚上十二点之前一定放人，加班的费用另算。

我有点迟疑，但身为初出茅庐的菜鸟，实在不能错失这个大客户，因此答应了。

晚餐的时候，我坐在客户的隔壁，战战兢兢地保持着耳朵直立，随时向旁边的老板轻声翻译，服务员一道道上菜又一盘盘撤下，我几乎连举筷子的机会都没有。

“哎呀，你看你，”五十几岁的客户注意到了，“辛苦了一整天，怎么都没吃饭。来来来，先不翻译了，吃点东西吧！”

他举起筷子帮我夹菜，我很不好意思，连忙点头道谢，心想这个大老板人真好。

吃完饭约八点多，他们决定要续摊，客户低声对我说：“不好意思，再撑一下，等下就麻烦你了。”

“我也要去吗？”我有点犹豫。续摊一定会喝酒，这还是我第一次除了品酒会以外，在有酒精的场合做翻译。

“当然要啊！”客户理所当然地回答，“不然我怎么知道客人玩得开不开心，而且我们讲好十二点收工不是吗？”

话好像也有道理，但我又觉得哪里不太对劲，于是在出发之前，我拨了个电话给大头。

“靠！搞什么啊？！”他听起来非常不以为然，“做翻译还要陪喝酒？你可是处理国际会议级的专业人士耶！”

“专业人士也要吃饭，”我故作轻松，“出来讨生活哪有这么容易。”

“我不管，你到了把地址发给我，十二点我准时去接你。”

“我没事啦！难道你还怕我被吃吗？”我扑哧一笑。

“鬼才担心你，”大头一本正经，“我是担心你酒后乱性，把人家大老板吃了。”

“你找死！”我笑骂，把电话挂了，心中一阵暖意。

车子把我们带到了一间看起来很普通的民宅，我低头跟在客户后面，进去后十分错愕，因为里面金碧辉煌，和外观有极大的反差。里面莺莺燕燕，有许多打扮性感的漂亮女生，笑容满面地迎上来。

后来我才知道这就是所谓的私人会所。

我穿着黑色的西装长裤，手提着沉重的公文包与笔记本电脑，呆站在原地，不知道该做何种反应。客户见状笑着说：“不用怕，这个地方我常来，就是喝喝酒唱唱歌，等下你就坐我旁边，照样做你的事。”

接下来整个晚上，我瑟缩在包厢一角故作镇定，看着酒精和美女如何让一群西装笔挺的男人，换上和白天完全不一样的面孔。

房间很吵，音乐声配上喧哗声，我连坐在对面的外宾说什么都听不见，根本无从翻译。我如坐针毡，不时无奈地看看手表，只希望十二点快点到。

“不好意思，总经理，”十一点半的时候，我找了一个空当对客户说，“这里用不上我，不如我先走？”

“哎哎哎，那怎么行呢？”他笑着帮我倒了一点威士忌，我才注意到他喝得有点多，脸都涨红了，“我还没谢谢你，这几天跟着我辛苦了。”

“不会，应该的，”我对着他递过来的杯子摇摇手，“对不起，我工作的时候不喝酒。”

“怎么这么客气呢？”他眯着醉眼，看着我笑，“我们应该算朋友了吧？”

“不好意思，我真的不能喝。”我打躬作揖。

就在这个时候，他脸色一变，欺身上来：“哪有什么不能喝的！”

他将我一把揽住强吻，充满酒气的嘴凑上来，危急中我把脸转过一边，于是他亲到我的侧脸。

气急败坏的我用力将他一推，猛地站起来。现场所有人愣住，房间顿时安静了下来，只剩下超大液晶屏幕上MV里的歌手还在载歌载舞。

“我收工了。”木然地说完这句话，我提起笔记本电脑和公文包，夺门而出。

后来的记忆好像片段一般。

我从大楼跑出巷口，用袖子一直擦着左脸，眼泪不停地从眼角溢出，整片皮肤都是红的。我在街上走了很久，快到家了才想到要打车。

我跌跌撞撞地走进家门，一边走一边放下手中的东西，直直往浴室走去。我把莲蓬头打开，脱掉衣服，蜷缩在水花之下，这才终于放声大哭。我一直怪自己怎么能那么笨，居然会答应去应酬，努力读了这么多书，结果好像更吃苦。

人为自己而活，是不是非要这么难。

不知道哭了多久，昏昏沉沉中，大头的声音把我唤回现实。

“大小姐！”我听见他在客厅大吼，一边骂一边走进房间，“你干吗不接电话？我等了超久你都没下来，回家拜托也说一声，还好我有你家钥匙，不然真要被你吓死……”

“哎哟——”看到在浴室的我，他本能地往后退了一步，“你洗澡干吗不关门？”

我一句话都说不出来。

“……大小姐？”他察觉不对，“你怎么了？！”

我断断续续地把晚上的事说出来，大头听了二话不说，站起来就走。

“你要去哪儿？”我问。

“我要去杀了那个王八蛋。”大头的声音很冷静，一点感情都没有，因此显得更认真。

“不要……”我流着眼泪，“不要离开我。”

他停下脚步，浴室内热气弥漫，只有水花喷洒的声音。不知道过了多久，大头打开玻璃门，摸索着关上水龙头。他别过脸，笨拙地用浴巾将我包起来，然后紧紧抱着我。

他翻出吹风机，把我的头发吹干，动作轻柔得像是对待一个婴儿。一时找不到替换的衣服，他就脱下自己的衬衫让我穿着。

我呆呆地被塞到被子里，大头把灯熄了，靠着床边坐在地板上。

“你……要不要睡另一边？”我问。

过了很久，他都没有回答。

正当我以为他睡着了，身边传来打火机的咔嚓声，大头点起了一根烟：“你放心睡吧，我不会走的。”

我从被窝里伸出手，紧紧握住他的手。大头的手指很细长，和他彪悍粗犷的外表完全不搭。

黑暗中的那一点红色火星，是我对那晚的最后印象。

第二天早上我醒来的时候，他已经离开了。床头有个塞满烟蒂的纸杯，下面垫了一张纸：

大小姐：

在我心里你是最好的。

——小流氓

我拿起手机，想要发些什么，打了谢谢又倒回去删掉。最后我只写了一句：“你知不知道我家是不能抽烟的。”

一分钟后，大头的信息回来了，上面只有一个符号，是高高竖起的中指。

后来我们很久都没联系。我有点刻意躲避，说不清楚自己的感觉，或许是尴尬，可能也有点遗憾。

说不定是庆幸，在这个和想象不一样的世界里，幸好我们还有彼此，什么都没改变。

直到有天大头打电话来，用地下钱庄讨债的口吻恐吓我，说再不见面他就要搬着帐篷到我家楼下扎营，闹到警察赶人为止。于是我们约好出去吃饭，由他开车来接我。

超过约定时间大半个小时了，大头还不见人，我忍不住拨过去问他在哪里。只听到大头在电话里手忙脚乱：“你再等一下……我马上就到了……为什么这里要左转？！单行道耶大姐！他妈的！！转你个屁！他妈的！我！就！不！转！老子要直走！！男子汉都要直走！！！”

我傻眼：“你在和谁吵架？”

他怒气冲冲地回答：“新买的导航！”

等到我们终于见面，餐厅已经差不多要打烊了。不过没关系，因为挂掉电话后，明智如我已经默默地开了一包饼干吃，所以没有饿到。

我们在楼下的便利商店喝啤酒，大头和我说他恋爱了。我愣了一下，说不出心里是什么感觉。我问她是谁，他得意地秀出了两人的合照，我看到一个皮肤白皙的长发女生，两个人脸贴脸，很甜蜜的样子。他笑说不要看小丽的长相是气质型，实际上可是个暴脾气，两个人吵架，摔杯子、挂电话分分钟的事。

“恭喜你！”我举举手中的啤酒罐。

一改往常的贫嘴，大头与我干杯，很温柔地看着我的眼睛：“谢谢你。”

我笑笑，转头看着窗外。天色渐渐暗了，四周的大厦都点起灯，一格格地透着光。远远近近的，有点像当年我们爬上教学大楼的屋顶并肩看过的星空。

之后的大半年里，我和小丽也见过几次面。她是个很爽朗的女生，说话和笑都很大声，我觉得和大头很配。

然后在冬天的一个晚上，大头半夜打电话给我，声音颤抖地要我赶去台大医院急诊室。我吓坏了，从来没有听过他的声音抖成那样。赶到医院的路感觉长得没有尽头，我在心里和所有听过的神明祈祷，求他们把我的运气都给大头，保佑他千万别出事。冲进医院的时候，我看到他和小丽瘫坐在墙边的椅子上。

“发生什么事了？！”我抓着他的袖子。

“我爸心肌梗塞，”大头面如死灰，“现在……现在……”

我一阵眩晕，但接下来的话我问不出口，只好转头看向小丽。

只见小丽没好气地说：“他爸没事，还好发现得早。倒是大头抱着他爸的时候衣领被掀开了，那个藏了10年的虎头刺青被他爸近距离看个正着，本来醒着的老人家又气晕了。”

可怜的大头爸，晕倒之前的最后一句话是：“小兔崽子，你居然敢去刺青？”

爸爸心肌梗塞的突发事件，给大头很大的冲击。我们都无可奈何，步入渐渐感觉到父母变老的年纪。成长的征兆之一就是，发现生活上的烦忧对爸妈已经开不了口，取而代之的都是快乐的消息。大头他爸就他一个儿子，唯一的愿望就是看他成家立业，于是大头决定让这个心愿快点实现，准备和小丽结婚。

听到这个消息，我很诧异，毕竟他们两个人才交往大半年，一条牛仔裤都要穿个几季才能符合身体曲线，两个成年人这样就准备共度一生，实在有点冒险。但大头不管，他一向如此，决定了的事就非要去做不可。于是他们俩结婚，一年后小丽生下了一个女儿，在女儿刚满月没多久，他们两个的婚姻就不行了。

在大头半夜抱着啤酒来我家之前，我已经听别人说了些他的事，知道婚后小丽一直不开心，大头家传统的家庭氛围让她窒息。太快转变成人妻与母亲的身份也让小丽不能适应，于是两个人不停地吵。大头怎么妥协改变都没有用，最后小丽出轨了，和一个比她小的男生在一起。女儿也不想要了，只求大头放她自由。

我早早就把家里的易碎物品都收好。以大头的脾气，我估计第二天早上还得要和左邻右舍赔礼道歉。可是满身酒气的他，那天晚上一句抱怨小丽的话也没说。

躺在我的沙发上，大头眼睛红红的，一边灌啤酒一边问："大小姐，记不记得我和你说过的那个月亮与星星的故事？"

"嗯，记得。"我闷闷地回答。

"那你能不能告诉我，为什么我把她当成独一无二的月亮，可是突然她就从我的天空消失，找不到了？"大头一手抓着啤酒罐子，一手捂着脸不让我看见。我想递给他纸巾，才发现他还在撑着不哭。纸上滴满的眼泪，都是我的。

呐，大头，那你记不记得，也是你和我说过的，人要开开心心地做自己。虽然我们爱的人往往伤我们于措手不及，但是啊，不爱从来不是突然的事。分手不像平地一声雷的炸弹攻击，比较像是无数小伤口呜咽地累积。小丽已经不开心了，她不再稀罕闪烁在你的世界。所以喜欢她的你，无论多努力抬头找也没有用，她的运行轨迹已经脱离你的夜空，不想让你知道了。

我不知道第二天早上大头是几点走的，我起来的时候，客厅已经收拾好了。我没有再主动问他小丽的事，对于心爱的朋友的伤疤，我们总是能不提就不提。

直到有一个晚上，平常很少联系的小丽突然打电话给我。她急急忙忙地给我一个地址，说大头在闹事，要我去帮忙。

我赶到那里的时候，发现大头站在一栋民宅前面。他身边是面色铁青的大楼管理员，还有几个管区警察。

大头对着楼上某扇窗户大吼："下来！×××你给我下来！！你

敢抢我的女人，为什么不敢出来面对？！下来！！”

我瞬间明白了，这是那个男人的家，也懂小丽为什么要叫我来，因为她实在不适合出面。我气急败坏地拉着大头，对旁边的警察和管理员猛道歉，说我朋友喝醉了，我们马上走。

但我拉不动，无论我怎么拽，大头还在拔直喉咙抬头狂喊：“他妈的你是不是男人？！你下来！你要是敢在我面前说一句爱小丽，我就把她让给你！！”

全小区的灯大概都亮了，这样下去我们绝对会一起进警局喝茶的。到后来我也被气到了，拿起包包砸过去：“你到底想怎样？你面对现实可不可以？她不会回来了！”

我越说越气，气自己如此无力，也气他这么丢脸：“你把全台北市吵醒了也不能证明什么，小丽已经不爱你了！”

大头转过来，满脸都是眼泪：“我不是想证明我爱她，我是要证明他爱她！”

大头一边哭，一边对着手机大吼：“这就是你爱的男人吗？这就是让你什么都不要了的人吗？你这么蠢，我怎么放心啊！”

电话那头的小丽什么也没说，我只听见号啕的哭声。

他们签字离婚后，我们再也没有提过这件事。大头独自带着女儿，单亲爸爸的身份居然意外地非常称职。年迈的父母对这件事自然很失望，但是他一肩扛起了所有的责任与埋怨，只说两个人不适合。

而我再也没有看到小丽，直到上礼拜的一个晚上。

那是一个老朋友的婚礼，我因为从机场直接赶去会场，所以到得比较晚。一进场就看见穿得西装笔挺的大头在做男招待，他看到我，笑着迎过来要我先入席。就在这个时候我看见了小丽，她样子没怎么变，还是很漂亮。

就在我有点尴尬，不知道该怎么反应的时候，大头推了推我说：“累呆了啊？小丽都不认得？”

我连忙说认得认得，给了她一个拥抱。小丽很开心，拿出手机说要自拍。就在我们对着镜头笑的时候，远远地大头促狭地喊：“哟，女生好假噢！有那么熟吗？”

“要我打招呼的不也是你吗？”我在心里咒骂这个死人头，很怕小丽会难堪。

没想到身边的她毫不介意，对着大头比出中指笑骂：“少啰唆！”

有人说，我们活在世上，什么时候会在哪里遇到谁都是注定的。有的人和你并肩做伴几条街就得转弯，渐行渐远。而有的人能和你十指紧扣，漫步到最后。我们没有能力挽留要离开的人，即使有的时候我们万般不舍得他走，即使很多时候我们以为那个人能陪我们很久。

可是啊，没关系。你就做你自己，去你想去的地方。

指路的往往都是星星，所以就算不是彼此的独一无二也无妨。记得要快快乐乐的，然后把回忆当作最值钱的行李。

喜欢你的人抬起头，自然能在天空中找到你；他会和你挥挥手，让你知道他在哪个方向。

因为你在我心中是最好的。

即使你是大小姐，而我是小流氓。

WILLOW HALL

KEATS GROVE NW.3
TO KEATS HOUSE AND BRANCH LIBRARY

初衷

一个人，每天吃一道同样的菜，最高纪录是多久？

我和好朋友阿福有天坐在客厅中央，他为了人生大事烦恼，而我因这个问题苦思。

这事要从头说起。

常常听到询问什么时候结婚的，劝别人不要结的好像比较少。

这大概是东方文化的特色，期待圆满和谐，破一个角就是缺憾。所谓劝和不劝离就是这个意思。我们希望看到亲友快乐，结婚正是世俗的幸福指标之一。

农历初三的时候，台湾习俗要睡到饱，因为那天是老鼠娶亲的吉日。而有句话说“阻人姻缘穷三代”，为了怕打扰这桩好事，那天全家都要静悄悄的，不能早起。

连过个街都人人喊打的生物要结婚都这么重要，可想而知，当阿福为了该不该与女友携手一生而苦恼的时候，我们没人想干涉。

他和女朋友交往两年多，三天一小吵五天一大吵，两个人的价值观、金钱观、感情观都不同，什么都能引起争执。事实上，没有人明白他们为什么到现在都还没分手。

我们也曾私下讨论过，几个朋友灌完两瓶威士忌都没结果，猥琐的小江最后说出了大家的心声：“大概是……床上很合吧？”

男生哄然大笑，女生皱着眉头。

我虽然不想脑补阿福与女友牵手以外的画面，但某方面是同意小江的。两个人分不开，一定有别人无法明白的原因。那个原因再匪夷所思也好，有多不能启齿也罢，它只要对彼此成立，就有强大到把当事人维系在一起的力量。

还没分开的人，就是还不想分开而已，既然如此，旁边的人也不必多着急。

坏就坏在阿福的妈妈厨艺太好。

认识福妈很多年，我们常常去她家揩油，因此当她打电话给我的时候，我兴冲冲地就接了。

“福妈！”我亲热地喊，“我好想你呀！”

“欸，丫头乖，”电话里传来食物的香味，不，是慈祥的声音，“福妈炖了一锅红烧肉，下午叫阿福给你送去。”

“谢谢福妈！”我如果有长尾巴，现在一定飞快地摇晃。

“我说丫头啊，最近阿福说要结婚，你知不知道？”她语气一变，显得忧心忡忡。

“噢，知道，有听他提过。”我据实回答。

“你觉得怎么样？”福妈这样问我。

“我？我觉得……觉得……”我结结巴巴，不知道该说什么。

“结婚总是好事嘛！哈哈！”好不容易挤出来一句话，我自己都觉得汗颜，说和没说一样。

“这个女孩子，我不喜欢。”老人家委屈地说，接着诉苦了半小时，我这才了解事情的状况。

其实不是阿福的女朋友哪里不好，而是两个家庭从根本上就有差异。阿福家经济条件普通，女孩子虽然不是来自富豪之家，但是家长很宠她，从小要什么有什么，大小姐脾气比较重，个性也娇贵一些。她可以义无反顾地将整月薪水拿去买一个包，阿福认为简直不可思议——他不是拿不出这笔钱，但这违反他的金钱观。

据说第一次去阿福家，女孩子就对整洁但陈旧的环境有点微词。或许是不谙世事，她居然坦率地将想法对阿福直说了。

于是，两个人又大吵一架，更悲惨的是，阿福还将女朋友的话一字不漏地转述给了家人听。从此福妈对这个女孩子就没有好感，生怕她会和这个家庭格格不入，这也不能怪老人家的忧虑没道理。

“这阿福真是猪脑！”我在心里暗骂。

“等下他拿红烧肉过去，你替我好好开导开导他，”福妈语重心长地说，“这件事就交给你了。”

“欸？”还没来得及接话，她就挂了电话。

这就是为什么阿福与我，现在会端坐在客厅中央对着一锅红烧肉各自冥想。

盯着喷香的食物，红烧肉在灯下闪动着美味的油光。我想起农历初三的时候，电视新闻主播介绍的内容，屏幕上被访问的民俗专家，斩钉截铁地说：“阻人姻缘穷三代！”

如果先人说的话是真的，接下来我的三代子孙如果都靠阿福家的红烧肉，不知道能不能活？

“我妈和你说了什么？讲吧！”阿福终于打破沉默。

我决定不先表示反对或赞成，单刀直入地问：“你到底为什么坚持要结婚？”

避开我的注视，阿福没有正面回答我，他拿起手机，给我看了几张照片。上面是一对新人的结婚照，女方很眼熟。

“认得这是谁吗？”他低声问。见我有点迟疑，他接着说：“这是小晴，她年初结婚了。”

我愣了一下，从回忆里拉出小晴这个人，她是阿福的前女友，两个人在一起很多年。大家曾以为他们会这样一直走下去，最后却因距离而分手。

电光石火之间，我明白了阿福执意要结婚的原因，但我不敢置信，怎么会有人赌这种气。

穷就穷吧！大不了以后遗嘱里交代子孙每天去阿福家蹭饭，把他吃垮。

带着这样的决心，我深呼吸，知道不阻止他不行。

“你是不是有病？！”我叉起腰大骂，阿福被我的嗓门吓了一跳，他带着心虚，别过头不出声。

“人家结婚所以你也要结？人生不是比赛，有天她离婚你是不是也跟着离？”

“话不是这么说，”阿福辩解，“我没那么疯狂，小晴结婚是对我有点影响，但不是全部的原因，我也到了结婚的年纪……”

“好，你说不是因为冲动，那你看看你和你女朋友，吃喝拉撒睡没一件事在同个频道上，像能一起过的样子吗？”

阿福沉默了一阵子，最后回答我：“可能结婚后她会改变，变成熟了也说不定。”

我终于明白问题出在哪里。

阿福对于结婚的理解与期待是错的。

结婚不是终点，反而是起点。它是一种不同的生活方式，不是一帖万灵丹，无法把原本不相配的两个人变得合拍。

如果婚前就存在的问题，婚后不会神奇地消失，相反地，冲突还可能扩大。琐碎的生活充满着各种磨人的细节，日子一久，不合适是掩盖不了的。

因此我最害怕听到“结了婚就会改了”这种劝人结婚的逻辑，延伸下去说，什么“生了孩子就会喜欢了”“有家庭就会安心生活了”也一样无稽与不可靠。

一个人想改变个性、想喜欢孩子、想冲刺事业，是因为他发自内心要这样做，而不是因为生活形态的不同而被迫接受的决定。事实上，这简直是本末倒置——人应该要先有改变的决心，再去迎接不同的生活。

更何况，我们讨论的可是结婚生孩子组织家庭这样的大事，这不是上街买一串生涩的香蕉，摆在一角让它自生自灭，时间到了就会熟。

“你再好好考虑一下吧！”我认真地告诉阿福，我很少用这么严肃的口气对他说话，相信他明白我的意思。

“反正计划赶不上变化，当初打算了那么多，最后还不是分手，”他抓着头苦笑，“现在预期低，说不定以后有意外之喜。”

我想到以前他与小晴形影不离，顿时也感伤起来。

或许他说得没错，或许详细规划的人生，最后和冲动是一样的结果。

可是我们不能把未来当筹码，与未知对赌。

竭尽所能去实现，与抱着怀疑而开始，就算最后一样面对失败，两者之间还是有差别的。

不同之处在于诚意。

这种相信会幸福的心情，有时候比结果重要，因为初衷是自己可以决定的，而过程不一定可控。

身边离婚的例子那么多，我们都见怪不怪，不再苛求。可能有天你明白了永远终究难得，而誓言不必非得成真。人生充满变数，谁都难免在航道上被推着挤着，回头一看，才发现自己已经偏离起点很远了。

正因为不得已的漂流，初衷才如此珍贵。

梦想也是。

尽管后来无法实现，你总得曾经深信自己会到达那里，并且为它拼命努力过。

The Breakfast Club

爱情亲口告诉我的事

人生这么短，感情上就别兜兜转转了。

虽然我也怕看起来像个笨蛋，但我更怕错过你。

Jenny Kissed Me

爱在不同的人眼里有千百种形式。有的人把它当作大量制作的赠品，一派轻松在街角随意发送，用完了还有。有的人赋予它更深刻的意义，战战兢兢地在上面刻画未来，打上美丽的缎带，等待最好的时机，奉献出去。

我从小是在温哥华长大的，妈妈带着我们姐弟移民，初次到那个美丽的城市，是在一个春天。

别的不说，温哥华的风景与天气是非常适合居住的。我们选了最好的季节去，在五月温柔的阳光下，白色与粉色的樱花盛开，随着微风轻轻将人包围，拂了一身还满。

那就是书上读过的——香雪海。

这个画面深深烙印在我的脑海里，我对这座城市的第一印象太好，以至于后来，每次开车上学都选择海边的路线，把天窗打开，让樱花盘旋着舞进车里。五月正值考试的季节，这点小浪漫总能让我的身心暂时得到放松。

我们住的房子，位于温哥华的西边，是一个老住宅区。

宽阔的街道，古老的街灯，三层楼高的绿树成荫，是百年光阴的累积。它们从道路的两边伸出枝丫，在最高处紧密地握着手，细碎的阳光好不容易穿透层层树叶，却只能在路的中间洒下一长条金色的光影。中学的我每天走路上下学，会依照心情走特定的路线，沿路欣赏喜欢的房屋，逗弄邻居家出来晒太阳的猫狗，把冒出头来的鲜艳红色白点蘑菇踢得老远。

一脚踏上红黄橘色的秋天，转身抖落银白灰色的冬天，这是我的童年与少年。

那个时候的温哥华，人还没有现在多。漫步在住宅区里，遇见不认识的路人，大家都还会微笑打招呼。我高中的时候会到对面阿姨家替她看孩子，吃过隔壁邻居烤的饼干，大雪难行的早上，路过的邻居见我举步维艰，都会顺道载我一程。有年圣诞节，门口躺了一份包装得很漂亮的礼物，里面是一张洗好放大的照片。照片中间，我们的老房子静静地站在岁末的积雪里，忠实地守护着怀里还在沉睡的家人。在万物都尚未苏醒的清晨，某个善于摄影的邻居叔叔捕捉到了那幅画面，让它变成永恒，温暖了我们的冬天。

那是我人生中最美好的12年。

那个时候，许多新移民区已经开始改建，把原来的房子铲平，取而代之的是灰白色的水泥新颖设计的大屋。相较之下，我们那一区还大都是古色古香的英式房子，异类地坚持着，不过这也是我妈对这几条街一见钟情的原因。

我家的房子是一栋比我年纪还大的建筑，有一扇浅橡木色的古董大门，大得不合比例，上面的铜钉一个个都磨得发亮。门锁不太灵光，常常用了钥匙也打不开，不过门链倒是正好相反，拴上了也没用，一拨就掉了。

以前只要我们超过门禁时间回来，即使是晚一分钟，我妈就会非常生气。把门锁上并且拴起门链是她唯一的表达方式，然而我的手特别小，十秒内就能伸进门缝内，反转把门链轻松拨开，再悠哉解除警报器。

我常常扬扬得意，觉得自己好像妙手神偷，一个大写的帅。

然后我妈就会更生气。

从这扇中看不中用的大门望出去，左边的Dawson家有两个和我们年纪差不多大的兄妹。我们的右边住着一位白人老医生，独居。这种状况是很少见的，附近住的大部分是白人家庭、带着孩子的移民母亲或是投资客的空屋。面积大的屋子维护不易，家庭成员若在两个人以下，根本不会考虑住在这里。

我第一次见到隔壁的老医生，是在上学的路上。他家和我们开放的草坪不同，种植着高高的树墙。一蹦一跳的我看到他正在扫落叶，于是和他笑着打招呼，老医生抬起了眉毛，端详了我几秒才点点头。

那个时候我还在念高中，还是个毛头小孩，根本搞不清楚那样的态度是友善还是冷淡，也没想太多，挥挥手就赶着上学去了。一直到几天后的某个晚上，饭后我和弟弟一边看电视，一边听我妈日常的碎碎念。

“……真可怜。”她絮絮叨叨地说。

“嗯嗯，”我头也不回地敷衍她，眼睛还盯着屏幕，“对，好可怜……”

“没我可怜！”她没好气回答，“说句话连女儿都没在听！”

当我妈开始将自己投射在毫不相干的悲剧上，这就是一个警讯，接着我很有可能获得唯一的名额，有幸近距离观赏苏维埃火山大爆发。经验告诉我必须要马上处理，以免灾情扩大。

“啊哈哈哈哪有哪有，”我赶紧转向她，一边替她按摩肩膀一边安抚，“我这不是在听了吗？你说那个谁嘛！对啊，真是惨惨惨，有够惨……”

“谁惨？不懂装懂。”她给了我一个大白眼，“我说的是隔壁的老医生。”

“欸？为什么？”这倒引起我的兴趣，前几天他脸上扬起的白色眉毛，现在想起来似乎是有点情绪。

“我今天听Dawson太太说，他今天在家门口差点晕倒，要不是她刚好路过扶他一把，那身老骨头跌一跤还得了。”

“那很幸运啊！”我莫名其妙，“哪里可怜？”

“怎么不可怜？”我妈提高声音，“六七十岁的人了，生了三个子女有什么用，都不在身边。一个人守着个大房子，说话的人都没有，还不够可怜？”

“可怜！可怜！”我连忙点头，心想那真是蛮孤单的。

“不过Dawson太太也是好心没好报，”我妈话锋一转，“我说你啊，以后该不会丢下老爸老妈不顾吧？我告诉你，以后你让我一个人孤苦无依，我就……”

“等等等等，”我打断她的恐吓，“为什么Dawson太太好心没好报？”我大惑不解，莫非加拿大也有碰瓷？

“唉，那还不是因为她把老医生扶进家门，看到他一个人住，就好心劝他把房子卖了，像一般老人一样住进赡养院，谁知道居然被他轰了出去。”我妈活灵活现地说，好像她本人就在现场一样。

“真是没礼貌！你说住赡养院有什么不好？好吃好住有专人照顾，同年纪的朋友也多，听说每天还有不同节目，说说唱唱，生活很丰富，还有人找到第二春咧！”她煞有介事，越说越起劲，口吻像是过来人。

“你的第一春还健在呢！这么快就想赶场啦！”我笑着反问她，“既然那么好，你以后去不去？”

“要死了你！”我妈大力拍上我的手臂，那力道不输郭大侠的降龙十八掌。

从那天之后，我就对隔壁的老医生留意起来，只可惜他不常出门，我看到他的机会也不多。

有时候，我会刚好遇见他开门拿报纸，或是从窗户看到他在客厅走动，无论是一天中的哪个时候，老医生总是衣着整齐，猎装外套搭配衬衫，连领带都不会忘记。有时候天气冷，他还会穿上西装背心，出门也会手持拐杖、头戴呢绒鸭舌帽，是个很体面的英国风老绅士。

这让我放心了很多，毕竟能把自己外表打理好的人，大概状况还不算太糟。

就这样过了几个礼拜，有一天放学我妈给我一封信，是邮差送错了的，要我拿去给隔壁的老医生。

“咦——”才刚进家门的我，只想先放下书包休息。

“发出那怪声什么意思？”我妈没好气地瞪我一眼，又塞给我一包东西，“顺便把这盒红烧牛肉带过去。”

“你确定人家会喜欢吃这个？”我皱起眉头，“白人都只吃牛排啦！”

“少啰唆！我的红烧牛肉谁都说好，人家李妈妈千方百计要学，我还没时间教呢！”她眉毛倒竖，双手叉腰，不容任何人亵渎她自封“中华厨神”的招牌，于是我连忙唯唯诺诺，转身出门。

老医生的门口需要上几个台阶，我按了一下门铃，等待的过程中忍不住四处打量。门框有点斑驳，看得出来原本是灰蓝色。咖啡色的木条窗框衬着白色的粉墙，和我家一样，是典型英式移民的建筑风格。斜斜的屋顶，边缘挂着鸟类的喂食器，我的心一软，对动物好的人，应该不会太难相处才对。

等了好一阵都没人来开门，“说不定他不在家”，我一边这样想，一边往窗户里探头探脑，心里盘算着信还能投进信封口，这牛肉不知道该放在哪里。搁在门口肯定会被浣熊偷走，这附近的干脆面又肥又胖，仗着脸长得可爱，脾气可凶了。

我看进去的地方是客厅，小小的，还算洁净。家具都是老式的，茶几上放着刺绣的桌巾，上面绣着玫瑰，边缘有点泛黄。墙上挂着一个咕咕钟，是那种整点会有人形玩偶出来报时的古董。夕阳从后院蔓延过来，整个房间洋溢着旧时的光辉，看得出来以前曾被用心对待过。

就在我一手捧着牛肉，一手搭着窗台，信夹在腋下，以蹲马步的不雅观姿势大肆窥探邻居家之时，头上响起了一声咳嗽。

我瞬间弹跳起来，手上的食物盒掉在地上，彻底打翻了。抬头一看，原本以为不在家的老医生正站在门口，面无表情地俯视蹲在遍地牛肉面前狼狈的我。

“对不起……”我吓得结巴，“那个……我妈要我送牛肉来……我以为你不在家……信……”

我瞬间想起那封信，于是将它双手高高举起：“这是给你的！”

漫长的几秒钟，老医生都没有说话，直到过了像是一百年，他才缓缓开口：“牛肉也是给我的吗？”

我望着满地狼藉，出乎意料，老医生大笑，爽朗的声音犹如洪钟，吓了我一跳。

“闻起来很香，替我谢谢你妈妈。”

那一次的送餐，就在我回家拿清洁工具之后结束。我妈问我要扫把和垃圾袋干吗？我很严肃地说清洁街上的狗屎，还被她夸了一阵。天知道我们这里根本没有那么糟的狗主人，要是她知道我把她精心炖了一个下午的牛肉比作排泄物，她一定会剥了我的皮。

第二天的下午，我家的门铃响了，门口赫然站着老医生，手里捧着一盆三色堇，和我妈说这是回礼。

“谢谢你炖的牛肉，”他微笑着，“但我必须告诉你一件事，那牛肉……”

我在我妈身后脸色发白，生怕被揭穿。

“是我吃过最好吃的。”老医生对站在后面的我挤挤眼睛。

从那一刻开始，我就知道这个七十几岁的老人是做朋友的材料——任何在你爸妈面前掩护你的人，都够格称为生死之交。

“哎哟！这个老医生还真有礼貌！”关上门，我妈喜滋滋地捧着花说。我想她已经忘记了几个礼拜前她还曾义愤填膺，替Dawson太太打抱不平。

不过这样也好，我那单纯的老妈从此认定了隔壁是好邻居，三不五时做了好菜，总不忘记让我送去一份。她一开始往西式餐点着手，做过牧羊人派、烤肋排、巧克力布朗尼、提拉米苏，后来一发不可收拾，什么中式的葱油饼、水饺、杧果布丁、生煎包都一股脑地往旁边送，连牛肉面都特地把汤和面分开装，吩咐我一定要提醒老医生，要吃的时候才加在一起，讲究得很。每一次，老医生都是在第二天的下午上门把洗干净的盒子归还，加上应景的盆栽当作小礼物。

有次我捧着蓝莓芝士蛋糕，在初秋的午后按隔壁的门铃，老医生开门之后，不像往常一样接过食物。他神色有点犹豫，像是鼓起了勇气之后终于开口，问我是否愿意与他一起喝下午茶。

我点点头回答："我以为你永远不会问。"

老医生笑了，侧身让我捧着蛋糕走进去。窄窄的门廊像是时光隧道，两边的墙上挂满了照片。我不好意思盯着看，只是略略地浏览了一下，从老照片里可以看得出来医生年轻的时候的潇洒风范，还有两个男孩与一个女孩的成长记录，应该是他的孩子们。

最吸引我目光的是一个年轻时非常漂亮的女人，她有着及肩的栗色卷发，大眼睛，我想一定是他的妻子。

"照片上的是你太太吗？"我放下蛋糕，看着老医生在厨房里准备茶具。他有点紧张，好几次找不到茶包，大概是因为很久没有人与他喝茶了。

"是的，"他微笑，神情有点害羞，"我们结婚30年了。"

我一边接过老医生手上的茶盘一边称赞："她非常美丽。"

"我见过的最美丽的女孩，"他对我欠身示意，我笑着摆手表示没关系，"她是我一生的荣光。"

我有点感动，不过仅限于此。那个时候一生对我来说是太远的概念，而别人的隐私如果他自己没提，我也就不该再问下去。

于是我们喝茶、吃蛋糕，聊着学校与天气。老医生很认真地聆听我那些小女孩子的鸡毛蒜皮，也告诉我他曾是外科手术医生，住在这栋房子里已经20年了。

“哇！我们搬来才3年，”我很惊讶，“你在这里住了一辈子啦！”

“不不不，”他笑着摇摇头，充满皱纹的眼角眯着，“只是20年，不过对你们小女孩来说，大概也就是一辈子。”

“今天我请你喝茶，因为一直有件事想告诉你，”老医生有点不好意思，“你记不记得，你第一次和我打招呼的那天？”

我面露难色努力回想，终于有了印象：“你是说有天早上，你在门口扫落叶那次？”

“对，”他点头，“那天你和我说早安，我没有响应，真是非常没有礼貌的行为。”

“我一直想和你道歉，我太不应该了，对不起。”

一口蛋糕塞在嘴里，我瞪着眼前的老人，很想笑，却发现他是认真的。

“我的态度很糟糕，是因为我误会了你们家的人，”老医生深吸了一口气，“我以为你们像很多移民家庭一样，买了房子就会把原建筑拆掉，盖起毫无美感的怪兽屋……我在这区住了太久，看到好多以前的邻居都是这样，把房子高价卖出，让后来的人随意处置。”

“我知道他们也无计可施，毕竟房子已经卖给别人了。但眼睁睁地看着这几条街变得越来越认不出，实在让人很心疼。我最不希望的就是住在怪兽屋的隔壁。”他的嘴抿成一条线，透露着固执。

“但我后来发现我错了，你们很珍惜那个家，每次我上门，都觉得那栋老房子变得越来越漂亮，”说到这儿，老医生擦擦鼻子笑了，“不过以前住的屋主是古典音乐家，他们家的孩子都会弹奏管弦乐器。现在变成饶舌音乐，我还在适应中。”

我恍然大悟，终于明白他为什么不肯搬去赡养院了。

一口气说完这些话，老医生有点紧张，他搅拌着杯子里的茶，像个做错事的小学生，等待老师的发落。

“这样吧！”我用很小的声音，像说悄悄话一般对他说，“如果你答应以后除了道歉，还有请我喝茶的机会，我就原谅你。”

愣了几秒后，他笑了：“一言为定。”

不知道为什么，这件事我没有告诉我妈。或许是因为觉得没有必要，但也可能是因为如此高标准要求自己的礼貌，力求言谈举止合宜的人实在难得，我不希望他有一丝被误解的可能。

从此之后每一到两周，我总会拨出一点时间去老医生家打招呼。有时候送菜，有时候还他借给我看的书。我们会花点时间讨论每本作品的好坏，意见不同也无所谓。他的学识非常渊博，有时候我的作文写坏了，他还会给我意见。如果是送食物过去，他总邀请我坐下来与他分享。

不过无论我怎么努力，他都对饶舌音乐嗤之以鼻。

秋天过去，到了初冬，老医生与我已经建立起奇妙的友情。我们聊了很多，他说两个儿子的家庭都在东部，小女儿在美国。他的太太在几年前因癌症过世了，之后他们总是希望老医生能搬去和儿孙住，但他执意不肯。

“我的身体还好，一个人也没问题，小女孩你说对不对？”小女孩是他叫我的名字，我看着他颤巍巍地在餐厅与厨房间移动，不禁皱起了眉头。

“其实，”我犹豫半天终于开口，“你也知道你不能永远一个人住在这里。”

他听了这句话，脸上顿时充满惆怅，我有点后悔，觉得自己说话太鲁莽。

“你等一等。”他起身离开，回来的时候手上拿了一个东西。

那是一个相框，里面是几行字，印在半透明的米纸上。底下衬着花瓣印成的手工绢纸，最上方用酒红色的缎带结起，和红木色的相框配成一套。

“你知道这首诗吗？”他轻声问我。

我接过相框，认得这首来自英国诗人Leigh Hunt的小诗：

She kissed me when we met,
Jumping from the chair she sat in;
Time, you thief, who love to get
Sweets into your list, put that in!
Say I'm weary, say I'm sad,
Say that health and wealth have missed me,
Say I'm growing old, but add,
She kissed me.

见面时她吻了我，
开心地从椅子上跳起；

时间啊，你这个盗贼，总是喜欢
记下那些刻骨铭心，将这写进去吧！
尽管说我疲惫，尽管说我伤悲，
就算你说健康和财富与我擦肩而过，
说我老态龙钟，但要加上，
她吻了我。

我点点头：“Leigh Hunt的*Jenny Kissed Me*。”

“对。”老医生欣慰地笑了，大概是赞许我并非文化沙漠。其实Leigh Hunt的作品我读得不算多，只是他对我的标准也不高就是了。

“我的太太就叫Jenny，”他告诉我，“我们高中时代就在一起，是彼此的初恋。那时候家里很穷，我一心想要读医学院，但是交不起学费。

“高中毕业后，Jenny放弃了她想要当记者的梦想，白天去餐厅打工，清晨还要早起送报纸，拼命工作就是为了替我交付学费。我曾经多次和她争执，不愿意她这么辛苦，但她总是说就是因为她这么努力，我更应该坚持。

“有一次我瞒着她，偷偷去快餐店的后场工作，冬天要扛许多袋的冷冻薯条和炸鸡，手指很快就冻得不能握笔。被Jenny发现的那天，她气得哭了，而她是从来不流眼泪的。

“她握着我的手哭着说，你的手将来是要握手术刀的，请你好好珍惜它们。”这时候的老医生看着窗外，像是陷入了回忆。

“那你怎么回答？”我连忙问。

他几秒钟后才回过神，有点不好意思地说：“我回答，这世界上没有任何事物，比你还值得珍惜。”

“哗……”我得叫我弟和所有男性友人都来听一听，人家的情话都是怎么说的，这还是30年前。

“我们刚结婚的时候很穷，只能租人家的地下室住。第一个孩子出世之后，我们常常一家三口来这个住宅区散步。我推着婴儿车，Jenny挽着我，一路上聊天做梦，假装我们很有钱，来看这里的房子。”老医生微笑着。

“我们很喜欢这个区，会认真评论每间房子的优缺点，如果遇到有中介开放房屋参观，就像中了头彩一样，开心地进去细看每个房间，煞有介事地讨论要将哪个空间做什么用途。

“那个时候我就想，如果以后存到足够的钱，一定要让她搬到这里来住。”

“可是温哥华漂亮的区很多啊！”我有点纳闷，“为什么你们对这一区情有独钟？”

出乎意料，老医生有点不好意思，过了一下才腼腆地说：“因为初次约会的时候，我请她吃晚饭，花尽了所有的钱，最后只能走路送她回家。途中经过这个住宅区，我舍不得和她分开，于是在这里的街道绕来绕去……

“最后Jenny扑哧一笑，对我说这样走到天亮也不会到家，如果我愿意现在往对的方向走，她就送我一个礼物，纪念这个约会。”

“什么礼物？”

“她亲了我的脸颊。”老医生抓了抓头，刹那间变成当年的高中小男生。

我恍然大悟：“这就是诗的来源？”

他点头："我当时开心得话都说不出来，只会站着傻笑，走回她家的路上都像在飘。

"第二次约会的时候，我把这首诗抄下来送她。而她第一次吻我的那个路口，就是47街。"

我们就住在47街口。

所以他之后拼命努力工作，在她喜欢的区买了一间小房子。

"搬进来的那一天，Jenny好开心好开心。她双眼发着光，抱着我们的大儿子，不断地穿梭在楼上楼下。她打开行李的第一件事，就是把这首诗摆在最显眼的地方。

"这间房子虽然小，但我们却在这里度过了几十年的好时光，二儿子与小女儿都是在这里出生的。Jenny深爱着这个家，每个角落有她精心布置的痕迹。"

我环顾四周，细细抚摩女主人喜欢的白色细麻桌巾。厨房的门框上，三个孩子身高的刻度还那么清晰。

老医生沉默着，我也不再问问题。窗外是冬季的天空，这个季节白天短，四点多暮色就悄悄渲染上来。路旁的街灯一盏盏地亮起，企图合力赶走黄昏的孤寂。

我心里有点感伤，又觉得温暖。

原来是真的，时间真的会牢牢记下某个瞬间，把它鲜明地刻在爱着你的人的心里。

感恩节过后，市内开始各式各样的圣诞节布置，每个人都面带笑容，期待着大节日的来临。

老医生的儿女们要回家陪他过节，这让他非常高兴。我和我弟在学校的圣诞义卖时，顺便替他扛回了一棵漂亮的树，将它立在客厅中央，散发着清幽的杉木香。

我帮他搬出了储藏室中的圣诞挂饰，一点点地装点着圣诞树。老医生负责底部的饰品，我踩着凳子打扮高处的树枝。我们一边喝着加了迷你棉花糖的热可可，一边聊天。

老医生回忆起许多年前的圣诞节。那个时候他们的三个孩子都还是相信圣诞老人的可爱年纪，于是Jenny与他特别早起，把圣诞礼物放在树下。

清晨的房子特别安静，有种难得的静谧。两夫妻打开收音机，华尔兹的音乐轻轻流泻，两个人在冬日的晨曦中翩翩起舞。

他俯身一个下沉，Jenny往后拗腰，两个人相视一笑。她响起清脆的笑声，震动早上轻脆的新鲜空气。穿着睡衣的三个孩子在楼梯上偷窥已久，终于忍不住起哄，奔到父母身边，全家随着音乐一阵乱舞。

“那真是一段好时光。”老医生微笑着，眼角有泪光闪烁，我沉默不语。

“小女孩，”大约是为了掩饰自己的失态，老医生低下头，努力为眼前的树枝挂上彩色的小饰品，“你有没有真正爱过一个人？”

“呃……”我有点不好意思，想把“爱”这个字和几个男生的脸凑在一起，可是好像都不太对，“我不知道，应该……没有吧？”

“答应我，以后你要坚持，遇到一个肯为你拼命努力的人，才要把自己交给他。”

我的位置居高临下，看不到老医生的脸，只看见他银白色的发。他年迈的手指颤抖，频频擦拭自己的脸。

我缓缓地爬下梯子，走到圣诞树的背后，把灯串的电源插上。一瞬间整棵树亮起，光线闪烁在五彩缤纷的玻璃挂饰之间，仿佛刚才有天使经过，顺手在这个房间撒下了璀璨耀眼的魔术。

“Tada！”我轻声地喊，老医生抬起尚有泪痕的脸，看着映得满室生辉的圣诞树，笑了。

我们的人生也像一棵树，垂挂着大家珍藏的时刻。那些让我们忘不掉的瞬间，都高高低低地挂在每个人的树上。每当记忆开始吹拂，那些片段就会徐徐转动，映着璀璨的宝光，给人驱走寂寞感伤的力量。

而我们都需要偶尔回顾这些珍贵的纪念，才能在哭泣的时候对自己说，你也曾经闪亮过。

又过了几天，老医生的儿孙们都相继抵达。有天晚上我参加完派对回家，我妈已经睡了，于是我轻手轻脚地回房间。一阵笑声从窗户传来，我探头往隔壁一看，原来老医生还没睡，他的孙女正坐在他的膝上，听爷爷读睡前故事。

我喝了一点酒，脸有些发热，靠着冰冷的玻璃窗，却觉得非常舒适。闭上眼睛听，隔壁邻居家里飘来的，久违的笑语声，恍惚间好像一阵音乐。

我轻敲了一下窗户，用只有自己才能听见的声音轻轻说：“圣诞快乐。”

新年才过没多久，老医生的健康就急转直下。

他的记忆力开始变差，常常忘东忘西，有几次出门还忘记带钥匙，不得不到我们家来求救。刚开始我不以为意，因为我本人就是属于生活小事不灵光的型，我爸都常说我长这么大，头还没掉在哪里就是个奇迹。

后来，老医生开始不记得更多事，有时候我们才刚吃完点心，他就问我怎么今天没带吃的来。我手足无措，告诉他我们才刚刚吃完，还拿起空盘子给他看。

于是手足无措的人变成他，表情无助得像个迷路的孩子。我心里一阵悲哀，那是我第一次接触到阿尔茨海默病。

很快地，老医生的儿女们就知道了，他们迅速赶来，要安排把老医生接走。但是他的状况时好时坏，坚持着不肯离开那栋房子。

我还记得老医生拄着拐杖，气呼呼地来按我们家的门铃，拉着我去和他的孩子们理论。他要我向他们证明自己的健康状况没问题，谁都休想把这间房子卖掉。

我站在一群陌生人中间，既尴尬又为难，嗫嚅着不知道该怎么开口。映入脑海的，都是老医生与我相处的画面。我们一起喝茶吃点心，讨论书与音乐，他坚持不让我扫他家的落叶，因为那是“男人的工作”，于是冬天的清晨，我和我弟偷偷地爬起来帮他铲雪。我失恋的时候，他会故作生气地挥舞着拐杖，要去把那个“不知感恩的蠢男孩”暴打一顿。

还有他每次与我说到他太太时，充满皱纹的脸上，闪耀的光辉。

记忆回到最初那盒被打翻的牛肉，还有他对站在我妈身后的我，调皮地挤着眼睛。

现在该我掩护他了，这就是朋友的定义，我们可是生死之交，虽然我的力量非常小。

于是我艰难地开口：“能不能请一个看护？”

他的孩子们正要出声反驳，刚才气势汹汹拉我来帮腔的老医生突然瞪着我，脸上充满疑惑。

“你是谁？”

我先是震惊，然后转过头，哭了。

因为我知道，我们这一老一少坐在窗边喝茶的美好时光，从此一去不回。

很快地，我们隔壁的房子插起了待售的招牌，老医生的儿女们忙进忙出，把许多用不到的东西都搬走。我听我妈说，他们要带老医生去东部，坐飞机都要6个小时。

我想以后我们很难再见，不过好在他已经认不得我，或许就不会太难过。

老医生离开的那天，我妈一早就轻声把我叫醒。和平常河东狮吼的方式不同，她坐在我的床边，温柔地推醒我。她的眼睛红红的，对我说：“时间到了。”

我往窗户外一看，搬家公司的货车已经停在门口，还有一辆轿车，大概是要接他们去机场的。

我连忙跳下床，以最快的速度梳洗，毛毛的头发也来不及梳，披上外套就往隔壁冲。

那是一个春末的早晨，阳光很好，微风伴随着花香，是个不适合道别的季节。

我傻傻地站在路边，看着他们扶着老医生走出来。老医生还是西装笔挺，一如我初次见到他的那天。

他的大儿子对我点点头：“爸爸一直不愿意走，说他在等一个人。”

“他虽然不知道，但我想他在等你。”

我一阵心酸，努力不让眼泪掉下来。我妈站在家门口，不停抹去脸上的泪水。

老医生看见我，依旧一脸陌生。

一阵风吹过来，卷起盛开的樱花花瓣，老医生眯起眼睛，享受着这一刻的温柔。

他突然转过头来，脸上充满惊喜对我说："Jenny？"

眼泪终于忍不住，而我不知道自己哭的原因是因为老医生不认得我而难过，还是因为他最后终于看见自己思念的人而高兴。

我走上前，挤出一个微笑："我是。"

老医生害羞地伸出手，握住我的手几秒，然后俯身亲吻我的额头。

"Tada！"他轻声地喊。

那是我最后一次见到老医生。

离开前，他的儿子递给我一个包裹，上面是老医生的笔迹，写着"给隔壁的小女孩"。我不用拆开也知道是什么，那个红木相框的线条，我再熟悉不过。

爱在不同的人眼里有千百种形式。有的人把它当作大量制作的赠品，一派轻松在街角随意发送，用完了还有。有的人赋予它更深刻的意义，战战兢兢地在上面刻画未来，打上美丽的缎带，等待最好的时机，奉献出去。

后来，每当我为了爱而哭泣的时候，耳边仿佛都会听见那一句话。

"小女孩，答应我，以后你要坚持，遇到一个肯为你拼命努力的人，才要把自己交给他。"

Say I'm weary, say I'm sad,
Say that health and wealth have missed me,
Say I'm growing old, but add,
She kissed me.

相亲的男人

路明已经记不清，这是第几次相亲了。

他坐在餐厅的包间里，百无聊赖地刷着手机，比约定的时间早到十分钟，是他的习惯。

扭了扭僵硬的脖子，随着一阵咔嚓的声音，他的肩颈好像稍微舒服点，又好像没有。

这感觉和他现在的心情一样，无法判定是好还是坏，正确的形容词应该是“无感”，像戴着手套拿东西，明明看着有，实际上却摸不到。

他苦笑，毕竟对于一个一年相亲超过30次的人来说，要对这件事有任何除了麻痹以外的感觉，未免太苛求。

路明的条件其实很好，身高够，有健身习惯，属于穿衣显瘦脱衣有肉型。学历优，有一份好的工作，长相某些角度还有点明星脸，怎么看都不像是需要人介绍对象的样子。

问题就出在路明的母亲，两年前参加了一个什么小学同学会，从此开启了他的噩梦。

这个同学会里充满着无所事事的中年妇女，毕生志愿就是赶紧抱孙子，她们像是找到了组织，在彼此身上发掘希望，编织起紧密的人际网，目的就是要为自己的孩子找到嫁娶对象。

万一没指望，将自己朋友的孩子嫁出去娶进来也行。

路明总觉得这种心态像是代购：自己花不到钱，看着别人花钱也高兴。女人嘛，是喜欢买东西。

他很希望自己是那种能把母亲说话当耳旁风的人，但自从父亲几年前离开之后，母亲的孤单像一层透明的薄膜，覆盖在她的身上，隔绝起整个世界。粗心的亲友或许无法察觉，但路明是懂的，就像每天晚上母亲总把电视频道停在父亲喜爱的历史节目，尽管她尽可能把音量调低，可主持人絮絮的旁白，一字一句都是想念的声音。

路明实在不忍心对她说不。

自从母亲参加了同学会，这些阿姨在策划相亲之余，也会拉着母亲到处走走，说说笑笑。她的心情明显好了很多。人在低潮的时候，时间就是最大的敌人，路明工作与应酬很忙，对这些与妈妈同一阵线的盟友，总是抱着感恩的态度。

这就是他一次次忍耐那些三姑六婆的安排，乖乖地坐在餐厅里，看人与被看的原因。

说起相亲，路明从一开始的尴尬与抗拒，到现在已能应付自如。他知道自己条件不错，也不急着找对象，或许正因为无所图，一顿饭吃下来气氛总是相当轻松。每次面对那些害羞仓皇的女孩子，他都能展现翩翩风度，几乎带着拯救她们于水火的心态，力求给对方一个美好的回忆。

大概是太成功了，事后媒人总是积极推动，转告女方对他的好印象。路明面对母亲的询问与催促，一贯胸有成竹地微笑，他很明白自己要的，他喜欢的女孩子得特别一点，不是这群眼睛里透露着被动式渴望的小白兔。

虽然他或多或少，从这些眼神中得到了满足。

路明早就发现了相亲的窍门：越是着急的人，往往越不能成，而心态越悠哉的，分数反而越高。可有趣的是，哪个不心急的人会愿意像个货物一样，出来与陌生人单独吃饭，整晚被暗地里打分数？

仔细想想，这道理不是不吊诡的。

不过也不一定，像自己不就是为了人情才坐在这里的吗？

路明苦笑，正在胡思乱想之际，包间的门被推开了。

“对不起，”一个头发及肩、身材偏瘦的女孩子走进来，一看见他，就绽出了一朵笑容，“我迟到了吗？”

那笑脸堪称色若春晓，路明定了定神，连忙站起来回答：“没有，是我早到。”

“你是路明？”她大方伸出手，“你好，我是李世琪。”

路明与她伸手一握，李世琪的手虽小，掌心的力度却强而稳，这令他涌起一阵好感。他想起了有次相亲的女孩子，伸出来的手娇弱无力，手指向下，像是在展示珠宝的女皇，他托着那只尊贵的手，刹那间不知该互握还是该半跪着吻下去。

李世琪爽快地将手提包放好，拉开路明右手边的椅子坐下。路明不禁记起读过的一篇心理学报告，上面说以一张四人方桌来看，侧边的位置虽然较为靠近，却能避免正对面大眼对小眼的尴尬，是更为聪明与让人舒服的选择。

他有种直觉，这个女孩子不太一样。

一阵寒暄过后，李世琪低头研究着菜单，这给了路明机会端详她的外形。当然在今天之前，他已经从介绍人张阿姨那里得到了今天相亲对象的数据，知道她比自己小3岁，在一家外商公司上班，学历和自己不相上下。那些描述当然不止于此，事实上还充满了许多让路明嗤之以鼻的细节，譬如说喜欢猫狗、爱音乐、嗜好是旅行。

试问有谁会说自己痛恨小动物、对声音敏感、没事还最好宅在家？

路明在脑海中将张阿姨提供的照片，与眼前的人做对比。其实李世琪并不上照，她本人的五官不算突出，鼻子甚至有点扁，但拼凑在一起却有着说不出的舒服。她认真读菜单，一边将脸颊旁滑落的发丝塞回耳后，带着孩子般的神态。

抬起头，她发现正在端详自己的路明，居然对不太好意思的他挤了挤眼睛。

“想好要吃什么了吗？”路明开口。

“如果我说想吃牛排，你会不会觉得我在占你便宜？”李世琪半认真地反问。

路明愣住，低下头忍不住笑了，当初介绍人可没说，李世琪是个这样可爱爽朗的女人。

他不知道别人如何，他自己最怕遇见“都可以”小姐，问什么都回答随便或是看你，问题是这些女孩子明明就不是什么都无所谓。他曾经做主点了好几道菜，最后才发现对方不好意思告诉他自己其实吃素。这样的女人给他一种错觉，好像和谁出来也没关系，别人决定就可以。

他不要这样的对象，他不要变成已经放在桌上，而对方不得不下筷的一道菜。

路明唤来服务员，李世琪点了牛排，被问到牛排要六分熟还是八分熟的时候，路明正要开口，她抬起眼来对路明笑了一下。

“五分熟，谢谢。”她收起菜单，很有礼貌地回答。

路明当下几乎就决定，下次要再约李世琪出去。他不是肤浅地喜欢她知道牛排的熟度是以单数分级，他喜欢的是她明明知道，却不表现她知道的态度。

这是一个真正有自信的女人，因为她不急于为自己加分。

路明曾经与一个文青型的女孩子吃饭，一整晚对方都不停地表现自己的优点，把餐厅的装潢、菜色、服务都批评得一文不值，只为了凸显过人的好品位。他很想在最后开玩笑和对方说这家早该关门大吉的店是自己朋友开的，但他不敢，他不觉得那个女孩子有这份幽默感。

不不不，这样的激进分子在公司已经人满为患，下了班路明只想放松，他不要力争上游一枝独秀，他不要众人皆浊我自清高。

而李世琪像是懂得给别人余地的人，这样的伴侣会错到哪里去？

等待上菜的时间，依照路明的经验是最尴尬的，不过不要紧，身经百战的他早就准备了几个聊天的题目，以及大受好评的笑话与段子。可在他说话之前，世琪微微往后一靠，似笑非笑地开口。

“所以，你是怎么和我一样，沦落到这个地步的？”

路明真正服了，他根本搞不清楚这次的介绍人张阿姨是谁，但他一定会好好准备一份大礼谢谢这位长辈。

接下来的时间过得飞快，他们两个人并不对所有事情都抱着同样的看法，但能客观并礼貌地交换不同的意见。路明第一次感觉自己是出来交朋友的，而不是森林里一头待捕的猎物，或是相反地，漫步在商场中挑选货品的买主。

秉持着绅士态度，一向致力于让女伴轻松愉快的路明，第一次觉得轻松愉快。并且，在所有与他共进过晚餐的对象中，李世琪是唯一没有刷手机、谈星座、问他家住哪个区、户口在什么地方的女人。

路明有种感觉，自己漫长的相亲史，要在今晚画上句号。

晚餐接近尾声，他愉快地起身，向李世琪表示要去一趟洗手间，这是他的习惯，路明一向不喜欢在女伴面前埋单，他总觉得有种强迫对方道谢的尴尬。

走回包间的路上，他脚步轻快，心想待会儿该邀世琪去看电影好，还是找个有情调的地方喝咖啡。他是敏感的人，今晚愉快的电流是双方面的，路明有信心世琪会答应。

说不定这个有趣的女人，会有更出人意料的建议？他兴奋地想，毕竟她是一位旗鼓相当的对手，不是在高塔中的女人，等着英雄披荆斩棘，将她从困境里搭救出去。

她不是公主，因此也不需要王子。

这个念头，突然让路明慢下了脚步。

推开包间的门，世琪对他笑了笑，路明若有所思地坐下来，正想开口问她晚餐后的去处。这时候他注意到自己的身影，映在靠窗的玻璃上。他的上身稍微往前倾，衬衫袖子高高卷起，显得迫切而专注，和往常的放松冷静有很大的不同。

玻璃中的人是如此陌生，路明有点不敢相信那是自己，而玻璃中的李世琪仍然一派悠闲，和他形成鲜明的对比。

这个发现令他有点忐忑，像是失去主场优势的选手。

这个时候，玻璃中一点明亮，刺眼得让路明坐立难安，他低下头发现，世琪面前摆着用过的牛排刀叉，被擦得亮晶晶的，规规矩矩地被放在一边。

而路明清楚地记得，他离开房间去付账之前，这副餐具还沾着肉汁与油渍，不算不堪入目，就是正常使用过的痕迹。

说不上来为什么，路明顿时沉默了，原本兴冲冲想要延续今晚的心情，已完全被浇熄。

他发现自己不喜欢这个习惯，不喜欢容不下一点缺点的人。

“上了一天班，累了吧？你家住哪里？我送你回去。”他很有礼貌地问她，口气染上一层刚才没有的疏离，连自己都不明白为什么。

路明能感到世琪的错愕与不解，但他带着莫名的坚持，就这样与她离开了餐厅。上车后，两人之间隔着万载玄冰般的沉默，世琪如他所料，是个骄傲的人，一路上没有再开口。她的眼睛直视前方，而路明也不说话，自顾自地往她家的方向开。

到达目的地，世琪向路明点点头，随即下车扬长而去。关上车门的时候，力道明显大了一点，不是不带着怒气的。

路明独自坐在车里，低着头凭吊这个夜晚。

他感到胸口传来一阵闷痛，像是无数擦得亮晶晶的刀叉，一把接着一把刺在心上。

太可惜了，如此完美的人，怎么就有这个毛病呢？

随之而来的是一丝难以形容的解脱，悄悄地蔓延在车厢中。

路明发动油门，轻巧地驶向深不可测的夜色。

爱情亲口告诉我的事

别想太多；笑容多过眼泪，就是对的人。

OPENING TIMES
MONDAY • BY APPOINTMENT
TUESDAY • BY APPOINTMENT
WEDNESDAY • BY APPOINTMENT
THURSDAY • 12 - 8/9
FRIDAY • 12-8/9
SATURDAY • 11am - 7pm
CLOSED UNTIL
14 JAN

Chapter 2 *Summer*

愿所有的温柔都不被辜负

希望你明白自己要的是什么。尽力跑，伸长手去触碰，然后都能得到；最重要的是，得到后不失望。愿你的那些翻山越岭千里迢迢，最后仍然值得。

MANET
9-11
WOOD ENGRAVINGS
AND DRAWINGS
OF
IAIN MACNAB of BARACHASTLAIN
SPHINX
Rain Men

小孩子

像个小孩子又怎样；像一本摊开的童书又怎样；不够聪明，甚至让人尴尬又怎样。即使屡战屡败，你也要败了再战。你显得笨拙，只是因为没遇到懂得欣赏的人。

我认识小蕙很久了，她是一个很好的女孩子。但怎么说呢，就像一切很好的女孩子，没什么特色。

从小读书不是很厉害，资优生永远没她的份儿。做白日梦倒是很擅长，可惜又没有实践的魄力。懂得不多，脱线天真；可惜这是个生命周期很短的优点，小时候天真很可爱，过了某个年纪就不太被人欣赏。长相不过不失，人群中第一眼被注意的绝对不是她。小蕙的身材娇小，唯一比较突出的是胸部很大，天生就有 E 罩杯，她说是遗传她妈妈。

小蕙每次不开心，我都逗她说：“有那么发达的胸还有什么好抱怨的啦！”

她都会闷闷地回答：“胸大又没用。”

我总是没好气地接：“那是因为你有才这样讲！”

然后她就笑了。

小蕙的朋友很多，感情路却一直不太顺遂。她最大的优点是善良，可惜这个长处属于内在美中的战斗机，需要长久了解才会令人珍惜。她的女生朋友很多，好几个都长得很美。托姐妹的福，小蕙因此在男生面前多少有点地位。男人都知道的，追女生的秘诀之一就在于她的闺密。小蕙常常看着这些男生对身边的朋友们献殷勤，很是羡慕，日子久了，可能也被无关自己的诚意打动。

我们认识很多年，她本来不在我的朋友圈里，所以我和她一开始不太熟悉。她喜欢我一个好兄弟劳伦斯，但据我所知，劳伦斯不喜欢她。其实说不喜欢她还算是客气的了，劳伦斯对她简直是避之大吉。原因也不完全是小蕙的问题——劳伦斯喜欢的一直是那种，一走进房间就会吸引全场目光的抢眼辣妹。最好有一头长发，大眼，红唇，神情精灵，眼波欲滴，最好还要有点坏、有点手段，让男人猜不透、抓不住。

“小蕙太呆了。”劳伦斯曾说过，“女人懂得不多没关系，但别抢着开口。她话那么多又总是讲错，男人怎么受得了。”

我对于女人不需要懂得太多这句话很感冒，但是懒得和他争辩。反正劳伦斯喜欢的女生类型大概也就是大部分男生的菜，换句话说，就是小蕙的朋友们，而不是小惠。

一群人出来，劳伦斯总是对她爱理不理。记得有次大家聚会，小蕙不知道怎么得知，拉着一个朋友硬跟了来。劳伦斯一看见她出现就拉下了脸，坐到包厢的另一边。小蕙或许不太聪明，但并不是笨蛋。她很快察觉了气氛不太对，又没有站起来离开的那种霸气，于是只好一个人孤零零地坐在一边刷手机。我看不下去，带着杯子坐过去陪她。小蕙抬起头来，感激地看着我，眼角居然有点闪烁。我一时之间也不知道该说什么，只好敲敲她的杯子。

“来，喝酒。”

她勉强挤出一个微笑，举起杯和我喝了一口，很小声地说：“谢谢你过来陪我。”

本来就有点尴尬的状况，最好的处理办法就是若无其事。她这么正经的一句话，把气氛搞得更沉重。

事到如今，我觉得应该要劝劝她：“其实……你知道的，男生就是幼稚又犯贱，你越是稀罕，他就越不把你当回事。”

小蕙低下头，眼泪滴了下来。

“可是我不懂，为什么喜欢一个人，要装作不喜欢他。”

然后我就无言了，不知道该怎么解释。

因为成人的世界，万物都需要包装。人、目的、感情都是。不懂这个道理的人，再有诚意也难免显得笨拙。因为光有一颗真心，没有好的技巧，看起来也就像个笨蛋。电影里男女主角经历过百转千回还是会在一起，那是因为有优秀的编剧费尽心思地安排，才让他们看起来如此命中注定与毫不费力。现实世界里的小蕙老是把屏幕上的恋爱公式套进真实的生活里，又没有偶像剧女主角的外形，显然是行不通的。

感情这件事并不是那么简单的，你要直来，对方不一定要和你直往。我们都不是3岁小孩子了，只有她还没有长大。

那天小蕙毅力惊人，居然还是强撑待到最后。那些男生说好要去续摊，故意不告诉她地点。小蕙大概也猜到了，强笑着说自己也要去找其他朋友。她在KTV的门口摆摆手，和大家说再见，自始至终劳伦斯都没有看过她一眼。

后来我和小蕙也没什么联系，直到有一天，我们在一个朋友的聚会上遇见。散场的时候我有点醉，一个男生朋友自告奋勇地送我们回家。小蕙第一个下车，最后才送我。我不以为意，摇摇晃晃上了楼，没想那个男生跟在我的后面也进了电梯，意图要挤进我家。我逃进家门后，喝醉的他还不走，开始捶门大声叫嚣。情急之下我打电话给小蕙，她二话不说，要我先别挂电话。为了不让电话断掉，她没坐电梯，硬是从十二楼的家跑到一楼。跳上出租车，二十分钟的路，她逼着司机大哥十分钟就开到。我在防盗眼里看见电梯一开门，小蕙怒气冲冲地跨出来，包包往肩上一甩，一手叉着腰，另一只手扭着那个高大男生的衣领大骂出门。吼声之大，一楼的超商店员大概都听得见。

赶走了变态，我心有余悸地开门，看到小蕙头上夹着鲨鱼夹，妆只卸了一半，脚上还穿着Hello Kitty毛拖鞋。情绪一下放松，我忍不住崩溃大笑。抬头却看见小蕙流着泪，一直和我说对不起，说她应该先送我回家的。

从那一刻起，我发誓要把她当作一辈子的朋友，而且从此再也不让男生送我回家。

小蕙单恋劳伦斯这件事，是华丽丽地失败了。好在她有一个长处，就是越挫越勇。她放弃了劳伦斯，开始喜欢我另一个朋友阿奇。阿奇是个八面玲珑型的男人，自命风流，油嘴滑舌，对女生来者不拒。小蕙这次卷土重来，从红粉知己的角度出发，决心要做阿奇最好的听众。阿奇喝醉了，她扛他回家；生病了，她为他送粥买药。每次阿奇讲了什么笑话，第一个捧场大笑的总是她。日子久了，喝多了的阿奇偶尔也会搭着小蕙的肩，半真半假地说："你对我这么好，没有你我怎么办？"

然后小蕙的脸上就会透出红晕，散发出幸福的光芒。

我本来也乐观其成，毕竟感情是可以培养的。直到有一天，朋友发来一张照片，上面是一个不食人间烟火的长腿大美女。

"这谁？"我很有兴趣地问，"这么正，你女朋友？"

"是就好了。"朋友没好气地说，"这是阿奇的前女友！"

"什么？！"我不可置信地惨叫，"就凭他？为！什！么！"

"我也不知道……"对方的声音听起来比我更加悲痛，"这不是重点，重点是，小蕙这样下去不行。你看阿奇都是好这一口的，她怎么会有希望？"

"可是她有内在美，"我不服气，"你们男生能不能不要那么肤浅？"

"有内在美很好啊！"朋友回答，"那就不要去喜欢没那么欣赏内在美的男生。"

我无可反驳，只好沉默。

"你和她是好朋友，这个坏人就交给你当了。"朋友把烫手山芋丢给了我。

我左思右想，决定在电脑上先敲阿奇，他一上线我劈头就问："你和小蕙到底怎么样？"

阿奇乐了，和我嬉皮笑脸："怎么了？你该不会吃醋了吧？"

"You wish！"我没好气地说，"认真点，人家女孩子很喜欢你的。”

“我也喜欢她呀！”阿奇还给我打游击，“不喜欢怎么能当朋友？”

“妈的！你少来！”我大怒，“你明知道我什么意思！”

似乎感觉到我的怒火，阿奇改变态度：“这个……你知道的，我一直把她当妹妹看待。短期内我都不想谈感情，做朋友很欢迎，其他的就……”

妹你个头！我在心里大骂，但懒得和他啰唆，于是丢下一句：“对人家没意思就保持点距离，你那套油嘴滑舌收敛一点，人家玩不起！”

“我哪里油嘴滑舌了？”阿奇像是受到了天大的委屈，“我对哪个女生不是这样？是她自己要误会的！”

我约了小蕙出来，到她出现的前一秒还在苦思要怎么铺陈，精心筹划的委婉措辞，在见到她之后完全忘在了脑后，因为她手上提着三四个袋子，里面都是帮阿奇买的东西，包括袜子、篮球裤、保温杯以及给阿奇妈妈的维生素。我很生气，想说这个男人也太不像话，差遣小蕙到这个地步。一问之下才知道，这是她自己要买的，因为她“觉得”阿奇需要新袜子、新球裤和保温杯。

我发现事态严重，觉得对小蕙说话要开门见山，因为委婉的话她不会听得懂。

话说完了，小蕙愣了很久，我很不忍心，有种告诉小朋友世界上没有圣诞老人的那种罪恶感。

“我们……就是好朋友啦！”她强笑着。

“那就好，”我也不逼她，“反正你不要陷得太深。”

她拨弄着面前的松饼："可是，阿奇对我说过很多真心话，我觉得我对他来说是不一样的。"

我听了差点被一口水果茶呛得当场丧命："比如什么？"

于是小蕙害羞地重复了阿奇对她说过的真心话，包括什么都没有人懂我还好有你啦！大家都误会我花心其实我只是一直遇不到对的人啦！女生都像你这样单纯多好啦！男女交往不能心急还是先从朋友做起最好，等等等等。

老实说，这些话是有些误导性，但也不能全怪阿奇。会不会被误导，要看听者抱着什么心态，尤其说这些话的时候，阿奇几乎都是喝醉了的。

我越听越发现一个重大的问题："你不能男人说什么话都信呀！尤其是喝醉的男人。"

"可是，"小蕙还振振有词，"人家不是都说酒后吐真言吗？"

我被打败了，头痛欲裂。最后小蕙还信心满满地说："反正我总是等他的。他说现在要拼事业，3年内都不会结婚。没关系，我要做他背后的女人，让他一回头就看得到我。"

可惜阿奇并没有回头看。号称暂时不想谈感情的他，半年后拿着钻戒向一个认识不到3个月的女生下跪求婚。在他的婚礼上，小蕙还强忍着。我送她回家的时候，她趴在我的肩上号啕大哭，大骂阿奇祖宗十八代。

老实说，想到阿奇无辜的列祖列宗，我有点想笑。但我笑不出来，因为下一秒，喝醉的小蕙大吐特吐，七道菜的晚餐全喷到我的腿和我脚上的Louboutin上了。

没有坏人的电影难免凄凉，因为不知道怪谁最无奈。你不能说尽力付出的小蕙错，也不能将责任推给把话讲清楚的阿奇。小蕙太像一本摊开来的童书，看到多少就是多少，一点悬疑都没有。这本来也不是问题，可是这样的她偏偏喜欢上的都是有点儿心眼，甚至把感情搞得需要一个女版福尔摩斯才能解得开的男人。

之后过了很多年，我努力拼事业，小蕙则继续在恋爱的路上跌跌撞撞。每次她都一头撞进去，狼狈爬出来。我劝过也骂过，要她保留一点，聪明一些。可是她不听，每次都要飞蛾扑火，后来我对她也只能半放弃。反正身为好朋友的责任是救亡，无论她从多高的地方落下，我总是要扑过去接。心碎了就帮她补，下次她还要振翅，我也只能无奈观望。

我在各式各样的场合看她哭过。小蕙哭起来特别像小孩子，嘴张得很大，给她纸巾也没用，只懂得捏在手里，哗哗的眼泪都用手背擦。

直到半年前，小蕙又认识了一个新对象，说要带出来给我看。依照我的经验，这大概又是一场梦，时间到了就会醒，于是我也没有抱什么期望。那天我们吃的是平价火锅，餐厅是小蕙指定的。这点倒让我觉得奇怪，因为小蕙爱吃美食，不太常来这样的店。

我一向很准时，没想到那个男生比我还早到五分钟。他的话不多，有点害羞，吃饭的时间里都在帮小蕙添茶夹菜。那天小蕙生理期，他一直注意她是不是坐在出风口；知道小蕙爱吃又老是嚷嚷要减肥，三不五时就替我们把锅里的油沫捞起。

吃得差不多了，我悄悄走到柜台去埋单，服务人员指着我们的桌子说：“那位先生已经买过了。”

我回头，看到的是她男友圆圆胖胖的身影。

在门口穿外套的时候，外面下雨了。小蕙的男友到巷口去叫车，她挨过来问我："你觉得他怎么样？"

我搂着低我一头的她："很好啊！"

她有点忐忑又有点甜蜜："真的吗？他是没有赚很多，话也不太会讲。不过对我很好，不会嫌我笨。"

霎时，我明白了小蕙坚持选这家餐厅的原因，于是我微笑："这样就够了。"

车来了，小蕙的男朋友特别请司机大哥弯进巷子里，因为我没带伞。总是因为姐妹而沾光的她，终于有一个人因为她的本身而善待她的朋友。他们坚持要让我先上车。在车里我回头看，她男友替她撑着伞。在能见度很低的雨夜，小蕙猛挥手，直到看不见车上的我。她的手上捏着男朋友递给她的纸巾，肩膀上都是伞上滴下来的雨水，也不懂得擦。

还是像个小孩子。

不过没事的，像个小孩子又怎样；像一本摊开的童书又怎样；不够聪明，甚至让人尴尬又怎样。即使屡战屡败，你也要败了再战。你显得笨拙，只是因为没遇到懂得欣赏的人。喜欢你的人就是会喜欢你，他不会嫌你不懂得欲擒故纵，你不必明明喜欢又要死忍着不能先讲。你不需要再担心自己的谈吐穿着不合时宜，因为他和你一样傻气。

在对的人面前，心意无须包装，你要直来他就会和你直往。

因为在他心里，你就是个3岁小孩，不需要长大。

记忆与食物

有些地方像是事故现场，受过伤的人靠近一点都胆战心惊，只能绕道而行。有些影子，费尽全力还是不肯离开，只能用另一种方式纪念。

烙印在心里的既然擦洗不掉，就得想办法与它和平共存。一段感情越难忘，努力与记得，大概就越不只是一个人的事。

人的大脑是很奇特的东西。

大家都知道，左脑与右脑的功能不同：左脑管理语言、分析与逻辑；右脑能接收音乐，负责综合、绘画、几何等工作。所以我们常听人说，左脑理性，右脑感性。

除了这些差别，右脑还有一个很不同的功用：储存信息。

人类的记忆其实应该分为两部分。“记”是储存的过程，由信息量超过左脑一百万倍的右脑来担任；“忆”则是靠左脑将记住的信息符号化和语言化，从右脑提出加以应用。

我在大学的时候修过心理学与逻辑的几门课，教授曾提到人脑非常精密，经由左右脑的无间配合，能将许多信息看似杂乱地储存，在千万分之一秒内回放。

他还告诉我们，为了要增强记忆，在储存信息的过程中有几件事是可以做的。比如说将信息与图片链接，因为人脑对于图像的印象会比文字深刻。另外把信息转化成声音也是好办法，所以很多人会将要记下来的课文录下来播放，让大脑潜意识地将要记得的信息变成固定知识。另外，还可以一边运动一边背书，因为运动能刺激大脑神经生长因子，脑中负责记忆的海马回对于这种蛋白质特别敏感。

他更提到，大脑会在睡前开始记忆的储存，所以照理来说，睡前学习能成功地将知识转化成长期记忆。

我记得听到这里几乎冷笑出声，我一向只听过越读越想睡，起码睡眠记忆法这个方法在我身上从来没有成功过。

然而，与记忆联系最紧密的感官，就是嗅觉。

当味道分子进入鼻腔，会接触到嗅觉上皮层的神经元，这时候信号会直接上传到大脑，而不必经过视丘。

气味是一个开关。

冷不防地一按，房间大放光明。深埋的片段想遮住眼睛，却已措手不及。

1

你吃过蛋烘糕吗？

它是一种四川的小吃，通常是老板一个人推着小车子在街上卖。小小浅浅的几个圆铁锅，旁边的盆子放满配料，有奶油、果冻、色拉、巧克力、花生粉、芝麻、白糖、肉松、肉臊子、土豆丝、青椒、草莓、蓝莓酱，五颜六色的看起来就让人血脉偾张。老板将加了红糖的面浆倒在铁锅上，盖上盖，一下子面浆就摊成了香气四溢的厚饼，上面还冒着大小的气泡洞。将客人要的料铺上对折，蛋烘糕就做好了。

这是一种站着吃的小食，热腾腾、香喷喷，边缘薄脆，中间软糯。秘诀是一个咸一个甜地交替着，现做现吞。快吃完了再叫下一个，因为饼皮软了就没那么好吃了。

看起来对这种食物很有经验的我，其实根本没吃过。所有对这个梦幻食物的认识，都是网络和朋友告诉我的。

那天一个非常邪恶我却视她为女神的人，在杀无赦的晚上11点55分，发了一张蛋烘糕的大特写，形容它像“咬在蓬松暖甜的梦上”。任何东西只要有“蛋”和“糕”这两个字，都能引起一个长期节食者的注意，因此我在睡前打下了“蛋烘糕”这三个字。

我真后悔。

仅仅半小时，新世界就对我开启了大门。四个小时后天还没亮，我却饿醒了。踉踉跄跄地摸到厨房，我拿出了很像是喂鱼或鸟吃的五谷无糖大燕麦片，加入低脂牛奶，痴痴望着手机上五彩缤纷的蛋烘糕照片下饭，哭着吃完麦片。

之后一整天，我对这个食物都心心念念，终于忍不住发微博取暖。然而所有吃过没吃过的粉丝都来安慰我，说蛋烘糕根本言过其实，一点都不好吃，他们一次也不过就吃十个八个。

讲到这里，你是不是觉得这个故事是一个蛋烘糕的软广？

你看下去，真的不是，我保证。

就在我对这个世界已经绝望，想要自暴谢世的时候，我收到一条私信。

是一个女孩子，一开始她说："不知道你会不会看到我的信，你发蛋烘糕我好难过……"

我心想怎么啦？难道你是卖鸡蛋灌饼的吗？鸡蛋灌饼我也爱吃的，你别哭！

然后她又写："我有个成都的男票，之前我在成都待了好几个月，吃了蛋烘糕，真的好好吃……"

我心想所以你是来炫耀的吗？你吃了好几个月，我连个糕影子都没摸到，我还没哭呢，你哭啥！

接下来她告诉我："我们最近因为异国恋分手了。所以我想说，蛋烘糕真的好好吃，但是我现在吃不到了。"

我连忙回复她："对不起啊！你别伤心，怎么会分手的……"

女孩回复说，他们在一起两年，6个月前男孩去悉尼读书，最近和她说两个人的环境不一样，共同话题越来越少，对她的感情变淡，没那么喜欢了。

我有点气愤地回复："分开才6个月，有那么严重吗？毕竟在一起两年了啊！"

她这样回答我："他可能觉得我会拖累他吧，让我觉得不答应分手好像就对他是一种折磨。

"其实现在最难熬的时间已经过去了，现在我最怕的就是知道他的消息。怕知道他很快有了新恋情，怕他把之前对我说的话讲给新的人听。以前我们打算要结婚的，他妈妈都给我们以后的宝宝起了名字，我怕他以后还会用那个名字叫他的宝宝。"

现在的这个女孩子正努力考雅思，过几个月可能也会去悉尼。

“我不知道自己是为了他，还是为了自己要变得更好。”

泪水煮茶，失眠下酒，黑眼圈佐餐。在日出时按下倒带键，一切重新再来。直到有天与黄昏和好，不再视黑夜为敌。

很快你将往南飞行，一点一点消灭距离与时差，最终将异国变成同城。你想着曾经和他一起走过的街道，牵手穿越的青春，嘴里吃过的蛋烘糕。

那些记忆不知道他是不是已经放下了。

那些未来不知道他是不是已经遗忘了。

那么我是不是也该放下和遗忘呢?

这个问题谁也没有答案，甚至是你自己都可能要到很久之后才会明白。

迟与早，我们都会被放下和遗忘，也会放下与遗忘对方。

所以就继续向前吧！累了慢慢走，喘过气了再狂奔。因为不想被灭顶的话，这是唯一的办法。

该如何痊愈，为什么喜欢，我们从来就无能为力。

可是，无论这么拼命是为了谁，我知道你都会幸福的。因为每个宁愿自己伤心也舍不得为难对方的人，都值得幸福。

即使不知道什么时候，你的喜欢变成他的折磨。

即使他所谓的拖累，不过是你的跋山涉水。

2

虹子一直是男性朋友眼中的女友范本。

她做得一手好菜，据说是学自她外婆，因为虹子的妈妈对做菜一窍不通。5岁那年她的父母离婚，从此妈妈变成要工作的单亲，于是，虹子从小就要担起照顾弟弟的责任。天分加上兴趣，她8岁就能搬着小板凳在炉子前面煎煮炒炸。等到上了高中，虹子的厨艺已经挥洒自如，能做出12道宴客大菜，脸不红气不喘。

现在这个社会，懂烹饪的女人越来越少，会下厨的男人越来越多。虹子的绝技很快在朋友间传开，她一在朋友圈宣布要煮饭那天，家里的门铃就会在准点响起。有良心的带酒来，没贡献的饭后洗碗，大家都说能不能给她餐费包月，煮什么随她高兴。

梁振宇就是被拉来蹭饭的时候喜欢上虹子的。

那天饭桌上，有一道芋香狮子头。

这是道功夫菜。狮子头说穿了就是大肉团，传统的肉馅是六分瘦四分肥，但是这样的比例稍显油腻。虹子外婆给她的独门配方是七分瘦三分肥，再加入一片泡水后挤干水分撕碎的白吐司。据说吐司中的酵母能让瘦肉更滑嫩，狮子头吃起来爽口又不柴。每个人煮这道菜都有自己的小技巧，有人在肉中加入豆腐解油腻，也有人加入切碎的荸荠丁增加口感。

虹子的终极秘诀是芋头。抛摔铰肉之后，她将芋丝拌入肉里，捏成团后再加上大白菜与鸡汤炖煮。狮子头里的芋丝逐渐软化，吸入了白菜的甜与鸡汤的鲜，绵密松软。一打开砂锅，所有人眼睛一亮，饿虎扑食，说光是这道菜伴着汤就能吃三碗饭。

虹子听了，捧着碗高兴地笑了。梁振宇坐在长桌另一边，和虹子呈斜对角。那一张笑脸让他的心脏瞬间漏跳一拍。

在几秒钟的时间里，四周的人与声全都变成淡出画面，他的眼中只有坐在最远那端的她，以及两人中间冒着阵阵白烟的芋香狮子头。

很快锅底只剩最后一个肉丸子了，大家虎视眈眈、摩拳擦掌。有人说不如猜拳吧！有人说应该给年纪最轻的那个人吃，因为他最靠近发育期。就在大家吵得不可开交的时候，梁振宇突然站起来，伸长了双手，将整个锅子端到自己面前，然后趁所有人措手不及，他把剩了一半的饭直接倒进锅里，埋头开始吃。

现场顿时一片哗然，大家哀鸿遍野："卑鄙！无耻！""啊啊啊凭什么！""快抓住他！"可是等到身边的朋友反应过来，扑上去拉住他的手臂时，狮子头已经被吃掉小半个了。

"虹子你评评理！这颗狮子头该给谁？"有人愤愤不平。

大家的目光唰的一下看向她，众人像公堂上的两排衙役，等着青天大人做出判决，不幸的狮子头才得以沉冤昭雪。

愣住的虹子这才反应过来。她看着两手死命抱着砂锅不肯松手的梁振宇，不知道为什么突然从脸红到耳根："他这么喜欢，就给他吧！"

听到这句话，梁振宇的头才从锅里抬起。他没说话，只是用眼睛牢牢地看住虹子。

众人的目光又唰的一下看回来，一瞬间好像明白了什么。

那一夜之后，虹子的私人餐厅成为绝响，从此只为喜欢的那个人下厨。

振宇变身为所有男同事心中最羡慕的对象，上班的便当都是虹子精心准备的。每天中午，他将便当盒打开来的时候，简直自带万丈光芒，背景音乐是《中华小当家》。

下班后，两个人常常手牵手一起去买菜。虹子会拿出写好的清单，振宇推着车，与她穿梭在超市的走道之间。一排排未开封的食材与调味品陈列在架上，簇新发亮，有点像未知的人生，经过调理有千百万种可能。

如果生活能和食谱那般，有人指引按部就班该多好。什么时候该加多少盐，何时该下多少糖，清清楚楚、明明白白。每个人就算不可能都是大厨，幸福起码会有点基础轮廓，能够有模有样。

可惜未来从不是烹饪教程，反而比较像是德州扑克。在翻开牌之前，没有人知道花色和数字。我们能做的，只是握紧手上两张仅有的线索，推敲输赢的可能。

在一起接近一年之后，振宇开始加班，陪虹子买菜的时间越来越少。他开始有了许多理由，下了班很少立刻回家。虹子忍耐着，心想男人拼事业很辛苦，只要还记得回来，自己要尽力支持他。

有天早上，振宇起晚了，急急忙忙准备出门。虹子将做好的早点塞在他的手里："今天你下班没事吧？记得早点回来。"

振宇默默点头，吻了她的额头一下，走了。

那天傍晚虹子匆匆赶回家，拿出已准备好的食材忙进忙出。一年前的今天，振宇第一次和她对视的画面依旧鲜明，她要用自己最擅长的方式去纪念一切的开始。她一个人在厨房里洗洗切切，像一位艺术家。刀与铲是她的画笔，虹子在白布上充满自信，挥洒自如。

将期待拌进馅，丰富鲜明；把喜欢熬成汤，温厚悠长。

可是到了晚上九点，唯一的观众还没有出现。她终于打了电话，只听到另一端人声鼎沸，还夹杂着震耳欲聋的音乐。振宇对着电话那头说，自己和几个朋友在酒吧，为好久不见的老朋友接风，很快就回来。他的声音已经有点酒意，可是虹子只听见自己说："好，你自己小心。"

挂掉电话，面对她的是一桌已冷掉的菜。虹子打开芋香狮子头的锅盖，努力保持热度的肉丸子无辜地回望，看起来比她还要寂寞。

那天晚上，振宇醉醺醺地回来，虹子看看时间是凌晨两点。他满面通红，一进门就找厕所吐，吐完就滚倒在客厅中央呈大字形，睡着了。虹子拉着振宇的手臂想拖他回床上去，但七十几公斤的他纹丝不动。

就在拉锯的过程中，虹子听见振宇喃喃自语："谁要去相亲……什么叫作只会煮饭……我就爱吃她煮的饭……"

她有如雷击，原本紧紧拉住他臂膀的手，轻轻松了下来。

"你们都不要逼我……"躺在地板上的男人转了一个姿势，眼角闪了闪，落下的是眼泪，然而他自己并不知道。

虹子走进房间，拿出了枕头和棉被，温柔地垫在振宇的头下。抖开被子，她将喜欢的人和自己一起盖住，蜷缩在他身边。

两周之后，振宇被父母叫回家乡。临走前，虹子塞给他一个包裹。

"给你在路上吃，"虹子微笑着，"这是最后一次为你做菜了。"

振宇想点头，却发现自己的身体动不了。他花了很大力气，才艰难地抬起手接过那个布包："吃了一年你做的好菜，以后吃不到，我会很不习惯的。"

"不过就是吃嘛，"她轻轻地说，"餐厅那么多，以后上馆子好了。"

振宇沉默了几秒，怀里热乎乎的包裹有点沉。他觉得自己像一只纸糊的风筝，飘摇在乌云密布的天空；心里随时就会降下倾盆大雨，把他化成浆打落在地上。而手中无论拿着的是什么，都重得就要捧不住。

两个人再见面已经是3年后。

那是一个周末，振宇回到以前居住的城市，参加一个朋友的婚礼。大日子的前一天，大家约好为新郎办一场单身派对，于是他走进一间精品连锁超市，准备选一瓶酒带去。

在生鲜蔬菜的摊子前，他看到一个熟悉的身影。

正在挑选蔬菜的虹子，抬起头也看见了他。讶异了几秒钟，她笑了：“怎么回来了？”

振宇走近几步，在离她还有一米的地方停住。“来参加一个婚礼。”他将双手插进口袋，“好吗？”

“还可以。”说到这里，两个人似乎已经没了话题，感觉又好像还能说很多，因为他们都还站在原地。

“你知道吗，我开了一家小馆子，”虹子突然开口，“卖些拿手菜，混搭风。”

振宇点点头：“是该开的。你有天分，也有兴趣。”

她笑了笑，没说什么。

“买材料做芋香狮子头？”他问，指指旁边的架子。

虹子愣了一下，顺着看过去，只见一旁堆积如山的正是香芋。

“不，”她摇摇头，“我的馆子不卖那道菜。”

“有些菜，只能做给某些人吃。”她笑笑，转身离开。走了几步，虹子突然回头和振宇说：“你可能不知道，那时候看你那么喜欢吃芋香狮子头，所以我常常做，总是切芋丝直到手又肿又痛。”

“看来我欠你的很多，不只是那些吃过的菜。”振宇苦笑。

“我不是那个意思。”虹子低下头，“只想和你说，那么辛苦的事，我不会再做了。”

“再见！”她挥挥手，在被看到眼泪之前，急忙走出去。

振宇愣在原地，望着她离开的背影。

这时候，一个女孩子从他后面走过来，手绕进他的臂弯。她抬起头狐疑地看着振宇，纳闷地问：“你在这里发什么呆？”

他回过神来，连忙若无其事地回答：“我看这芋头很好，想买一点。”

“那多浪费。”那女孩皱了皱眉，“你对芋头过敏，吃了喉咙会痛好几天，根本不能碰。”

有些地方像是事故现场，受过伤的人靠近一点都胆战心惊，只能绕道而行。有些影子，费尽全力还是不肯离开，只能用另一种方式纪念。

烙印在心里的既然擦洗不掉，就得想办法与它和平共存。一段感情越难忘，努力与记得，大概就越不只是一个人的事。

狮子头的香味，又钻进振宇的鼻腔，喉咙的痒仿佛又回来了。闭上眼，他能看见在阵阵白烟之后，虹子若隐若现的笑脸。

而自己手拿着一瓶酒，被回忆中的气味缠绕着，留在时间的长河。物是人非事事休，欲语泪先流。

3

小白是个话很少的人，这或许和职业有关，他是个自由摄影师。

小白不大拍看着镜头的人像，作品多半是大自然风景，有时候也穿梭在城市里，拍摄喜欢的建筑物。

这样的摄影师其实很多，但小白的不同之处在于他的体能与冒险精神。背着沉重的摄影器材，他能轻松上山下海，愿意踏上没人去过的地方，撑在不可能的角度，只为了拍出一张特别的照片。他乐于接受挑战，有时候危险程度简直像玩极限运动，拍照赚钱反而成了累积人生经验的奖品。

比别人坚持多一点的人，作品大概也更精彩几分。

任职于杂志社的亭亭，第一次向主编推荐小白的摄影作品时，就是这样说的。

3年前她刚大学毕业，第一份工作就是在这家旅游生活杂志社里担任小编辑。按照主编交给她的工作，亭亭开始挖掘好的摄影师。她在网络上发现了小白的作品集，特别喜欢他拍的黑白照片。

亭亭发了私信给小白，说明自己的身份和合作意愿，几天后才得到寥寥几个字的回复：我在基里巴斯。

“基里巴斯……基里巴斯是哪里啊？”她当时心想，“我只听过巴斯光年和巴斯克林……”

她上网搜寻，才知道那是太平洋上的一个岛国，共有32个环礁及1个珊瑚岛，散布于赤道上3800平方公里的海域，拥有世界最大的海洋保护区。

当时的亭亭是个刚出社会的小女生，头发半长不短，还带着一点稚气，最远只和闺密去过香港。照片上的基里巴斯有着新月形的白色沙滩，美得令人叹息，也同样远得遥不可及。

和她眼中的小白一样。

过了一周才回国的小白与她联系，两个人约在一家咖啡厅见面。谈话中，小白说自己高中毕业后就不再读书了，他四处旅行摄影，赚的钱全都花在旅费上，工作只是为了再出发。

他扬扬手中的护照笑笑：“除了相机那些生财工具，这是我最珍贵的东西。”

那时候的小白如此炫目，因为工作晒成古铜色的皮肤，衬着雪白的牙齿，笑容闪亮得让亭亭睁不开眼睛。

她心想，切开这个人的皮肤，流出来的血液都写着自由。

而自己呢？看着小白那本加页过厚厚的护照，亭亭不禁有点自卑。从小按部就班战战兢兢的她，全身上下的细胞大概都是正方形。

自己最值钱的财产，大概就是写字的能力吧！

于是她鼓起勇气，和他提出合作方式。由杂志社负担费用，按采用的作品数量计费。小白负责周游列国，猎取瑰丽的风景。亭亭常驻办公室，为那些照片配上随笔。小白爽快答应了，她喜出望外，高兴的程度让自己都有点惊讶。

从此两人成为工作伙伴，她也喜欢了他3年。

小白拙于言辞，却能透过镜头表达对全世界的热爱。亭亭擅长文字，只能借由键盘寄托给一个人感情。

得州的草原上，最后的金黄在芒草尖闪烁。暖色系的云还留恋着不走，漫游在天边。长角牛将夕阳深深吸进肺里，再缓缓吐出秋季。

育康的山中石块嶙峋，苔藓肆无忌惮地包裹着纬度，向山岚展现顽强。最蓬勃的生命总是无声无息的。如果有地方能听见日出的声音，那就是这里。

她觉得自己的工作，像是在为小白拍的画面配上音符。五彩缤纷的帛琉海底，背景应是热闹的第五号交响曲；而华灯初上的新奥尔良，就该轻俏地伴随着悠扬爵士乐出场。

困在斗室中的亭亭，最常听见的只是键盘码字的单调咔咔声。有点像叹息，顶多只能算是音效，不是音乐。

她非常用心，每个字句都再三琢磨，生怕辜负了男神的作品，连带亵渎她的喜欢。

每次小白出发的前一晚，她都会发一个信息，提醒他第二天飞机的航班与时间。因为旅程的目的地都不同，亭亭总是在制式化的内容后面加上天气预报，这是她百般思量之后，觉得最不会被识破与打扰的关心方式。

按下发送键后，她会握着手机等待，直到听见叮的一声。

回复内容总是只有一个字，“好”。

而每到一个地方，小白都会发信息向她报平安，内容通常只有简短的两个字，“到了”。

“飞行顺利吗？摄影器材过海关有没有被刁难？你辛苦了，很累吧！自己小心，记得天气变换，别感冒了。”亭亭总是把想说的话如同连珠炮般打出来，犹豫再三之后，再逐字删除。

“平安。”

平安就好，她自我安慰地想，平安最重要，只要你能回来。

这样的互动方式持续了3年，他们“合作”的成果大受好评，足迹几乎踏遍全世界。然而亭亭和小白真正一起去过的地方，只有初见面那天的咖啡馆。

今年杂志社办春酒的时候，小白刚好在国内。主编要她一定要把小白抓来，这还是他第一次参加媒体的酒会。

大日子来临的前一周，亭亭就开始紧张。从自己的发型、衣着到体态，她都百般挑剔。她拼命告诉自己要镇定，千万要大气成熟淡定。然而当小白在她身边坐下来的时候，她还是吓得差一点打翻了酒杯。

“你……”小白端详了她几秒钟。

我……我怎么了？妆花了？头发乱了？哪里不对？亭亭心里兵荒马乱，却只能呆呆地看着男神的脸，一个字都说不出来。

“你前面的杯子有人用吗？”

悬着的心突然放松，亭亭几乎虚脱。她花了两秒钟才反应过来，把杯子递过去。

开席了，同事很快坐满一桌。大家像是比赛一样迅速喝醉，有几个男同事脸红得像煮熟的虾子，从这桌蹦到那桌，连不胜酒力的亭亭也被灌了几杯。

小白皱着眉终于再度开口：“不能喝就不要逞强了。”

“我没事，”亭亭把装着冰水的玻璃杯印在脸颊上，头感觉重得抬不起来，“你不用管我，去和他们玩没关系。”

“我想去的时候自然会去。”小白自顾自吃饭，没有多看她一眼。

不算大的餐厅包厢里，划拳的划拳，喝酒的喝酒。有人声嘶力竭，唱着已不成调的歌曲。亭亭抬起双眼，发现不知道什么时候，这桌就剩下他们两个人了。

一种幸福感悄悄向她袭来，暖暖的。桌上铺着红色的桌布，杯盘狼藉，此刻却像一艘只载着他们的扁舟。身边喧闹的人像是被按了静音键，每个擦身而过的波浪都在小声地重复着喜欢。

为了表示自己没有喝多，她想和他聊点什么：“这次旅行顺利吗？”

“还不错，”小白看了她一眼，然后继续夹菜，“挪威的极光很美。”

亭亭点头：“我看到照片了。”

话题到这里似乎就结束了，气氛瞬间有点尴尬。

正当她在心里埋怨自己怎么这么不会聊天的时候，小白突然开口：“这次特别高兴，因为我在伦敦转机的时候找到一间餐厅，吃到我觉得全世界最棒的松饼。”

刹那间亭亭觉得有点寂寞。挪威的极光、伦敦的松饼……这些地方都只存在于她的电脑屏幕上，自己不知道什么时候才能离喜欢的人近一点。

“我觉得你好厉害，从来不怕孤单，去哪里都是一个人。”

话音才刚落，小白就停下了筷子。沉默了几秒后，他带着一丝决心，转过头对她说：“谁说我是一个人？”

这七个字像是一记重锤，把亭亭砸得晕头转向。原本悠然漂游的小船，突然遇见湖中心冒出来的巨大旋涡，把所有隐约的可能性都卷进一个螺旋状的隙缝，绞得一点也不剩。

像是刹那间有人按下播放键，四周的人声、歌声、嘶吼声全都回来了，但她一个字都听不清。在小白僵硬的表情里，亭亭恍然大悟：原来这些年来，她的心意他是知道的。

这时候，编辑部几个同事一屁股在他们旁边坐下，手拿着酒杯，又笑又闹要他们喝酒。小白正想回绝，亭亭突然站了起来，伸手接过一个人手上剩半瓶的威士忌，在众人的错愕之下，咕咚咕咚灌得一干二净。

她擦擦呛咳出来的眼泪，抓起外套和包包夺门而出。

那天晚上她吐得很惨，根本没办法睡，也想了一整夜。

第二天亭亭就递了辞呈，主编满脸问号地看着她，她用很坚定的口气回答："我要去伦敦。"

小白去过的地方那么多，为什么自己偏偏选中那个城市，原因她自己也说不上来。可能是因为这是他第一次亲口和她分享旅途的经历，还加上了"最"。

不过大概也是最后一次。

做不成你最喜欢的人，起码可以尝尝你最喜欢的食物，这样我和你的最，总算能沾上一点边。

买的是廉价机票，加上转机，她飞了十几个小时。抵达希思罗机场的时候，人已经疲惫不堪。

可是亭亭不管。没有订酒店，不知道东西南北，英文也不太溜，可是凭着一股蛮劲，她就是要立刻找到那家餐厅。

她发了信息给小白："我在伦敦，你说的那家卖松饼的店在哪里？"

很快手机就响了："你一个人去伦敦干吗？"

她想都没想，手指在屏幕上动得飞快，一个字一个字地狠狠敲出来，带着戳穿手机的决心。

"谁——说——我——是一个人？"

接下来手机就没有再响过了，亭亭几乎在这几分钟的沉默中接近崩溃。

喜欢小白的这3年里，她总是循规蹈矩又小心翼翼，不敢麻烦他任何一点。而现在，她只不过想独奏一首壮丽的片尾曲，却连这个心愿都得不到成全。

或许它是你和别人的秘密，我连朝圣的资格都没有？

亭亭一改常态，咄咄逼人，连发了几个问号过去，可是对方依然无声无息。

她不放弃，立刻点进小白的相册。刷了半天，终于让她翻到一张点缀着蓝莓与草莓的松饼照片，写着“这辈子吃过最好的”。

上面并没有拍到餐厅招牌，但她注意到店外的黄色墙壁，鲜明得刺眼。

亭亭猛然站起，提着简单的行李飞奔，顺着机场的指示牌找到搭出租车的地方。她拿着照片一个人一个人地问，直到有个白头发的大叔点点头。她如获至宝，像是遇溺的人抓住了浮木，急忙将自己与行李胡乱塞进车里。

一路上，司机大叔很是狐疑地从后视镜中看着她，心想这个小姑娘真可怜，应该是饿了很久吧？

没多久车子到了，亭亭付钱下车，却发现自己孤零零地站在和照片上一模一样的店门口，刚刚的狠劲丝毫不剩。凭着一股冲动，她终于来到这里，现在却不敢进去。

推开眼前这扇门，一切就关上了。

她颤抖的手像是求救似的再发了个信息：“最后一次问你，那家餐厅在哪儿？”

亭亭对自己说，只要小白愿意分享他的喜欢，她就心满意足了。她会立刻转身离开，从此不试图冒犯他和别人的回忆。有人陪他走遍世界也好，他和她本来就是不同设定的人，或许自己注定是一颗小小的卫星，绕着行星旋转才是本分。

以后她依然会远远地观望着，如同过去的那3年。

时间流逝，手机依然没有反应。

亭亭一阵鼻酸，深呼吸，猛然推开门走了进去。

店里很热闹，周到的服务员立刻送上水和菜单。她连翻都没翻，摇头表示不需要，只是神色木然地指了指手机上的照片。金发碧眼的服务员也许常常遇见不会说英文的客人，于是点点头，把菜单收走了。

没多久，一盘热腾腾的松饼送上桌。四块稍许不规则的圆形松饼叠在一起，厚实松软，芬芳飘在金黄色的蜂蜜上。顶端与四周都点缀着草莓与蓝莓，还搭配着散发香草气味的淡黄色奶油。

然而亭亭死盯着这一盘松饼，激不起一点食欲。

这似乎是一家非常有名的餐厅，游客与本地人都很多。每个人看见美食都兴奋欢呼，忙着拍照和定位。只有她抓着叉子与一叠喷香的松饼无声对峙，像是准备与恶龙对决的武士，看起来另类又滑稽。

是啊，就是滑稽。来到这里之后，她才明白自己想要歼灭的，不是小白也不是暗恋，而是曾经的怯懦不堪。喜欢一个人不丢脸，可笑的是她从来没有表示，还将胆小粉饰成不打扰的美意，她无法对自己交代。

如果我们都害怕失去，因此把喜欢深藏在心底，那勇气还有什么价值？

亭亭拍了一张同样角度的照片上传在个人状态里，为过去3年的时光画下句点。

这大概就是我们最靠近的一次，我和你的世界总算有了共同点，虽然并不是一起。

可惜不是一起。

她在照片下写着“总结”，接着毅然决然地拿起餐具，像是表演武士道的浪人，把那叠松饼从中间厚厚切下，一刀到底。

不愧是走遍世界的人最喜欢的店，她心想，沾着蜂蜜的松饼绵密Q弹，带着湿润的甜香，和香草味的奶油真是绝配。

可是亭亭哭了，一边流泪，一边把松饼塞进嘴里。这大概是那间餐厅有史以来最激动的客人，如果餐厅老板看见有人这么欣赏他们的餐点，应该会非常高兴。

就在这个吊诡的时刻，刚刚的服务员走到她的桌边，关心地问：“亲爱的，你还好吗？”

亭亭抬头看着她，把有限的英文与微笑同时挤出来：“我没事……”

“那就好，”服务员贴心地递上纸巾，这时她突然盯着亭亭看，“你是不是松饼小姐？”

亭亭呆呆地回答：“我点了莓果松饼……松饼小姐是什么？”

“不不不，”服务员半信半疑，拉起亭亭的手，“你跟我来。”

她们走到一个角落，正对着一面白砖墙，上面贴满了各地游客到此一游的拍立得。照片上的人几乎都开心地笑着，空白处多半注明了大家的故乡，有的还加上对餐厅的评语。

服务员一只手叉着腰，另一只手指着某张照片，充满信心地问：“这是你吧？”

那张照片已经很旧了，像是曾长期带在身边，边角都有了磨损。

上面的身影是一个女生，头发的长度有点尴尬。她正低着头，脸上带点稚气，专心地回复着手机上的短信。

照片下方有一行字：“希望你也在，松饼小姐。”

这个时候，她放在口袋里的手机突然响起。愣住的亭亭回过神来，打开新信息。

刚刚发的照片下方，有一个新留言。

“如果你觉得，我会大方到让最喜欢的人和别人去吃我最喜欢的食物，那你就比我估计的更蠢一百倍。”

窗外，这个城市的天空正不负众望地飘着细雨。后面的建筑物一片灰白，衬着冰冷的水珠，一时三刻内都没有停下来的迹象。街上的行人却早已司空见惯，连一把雨伞都没有。

小小的店里人声鼎沸，明亮而温暖。食物的气味在空气里缠绵，把每个人的身上都厚厚地裹上一层甜蜜的奶油香。

亭亭的视线从窗外转回来。

“下次偷拍这个笨蛋的时候，”她的指尖在手机屏幕上移动，轻盈而温柔——

“请你拍得美一点。”

爱情亲口告诉我的事

她的他舍不得自由，所以爱是恒久忍耐；他的她孩子气，于是爱等于温柔对待。

没有谁的爱比较伟大，传达的其实是同一件事：

你比我能给的重要，我们不要分开，好不好。

爱情的面孔

穿梭在台北，我最常用的交通工具是出租车、捷运与走路。

我不太喜欢被接送。

可能是性子比较急，工作时间又不固定，预计几点收工只能抓个大概。等别人就算了，刷手机听音乐时间很容易过，让人等就不同，手忙脚乱大包小包地奔出来，又要道歉又要赔不是，心理压力可真够大。

所以我总是自己来来去去。

坐出租车的机会大概是最频繁的，毕竟女人东西多。我很喜欢和各地的出租车师傅聊天，总觉得每一台车关上门之后都是一个小世界，自成一格。台北的出租车很多非常有趣，我曾见过每天带着猫狗穿梭车阵的伯伯，也遇见把车子改装加上麦克风与彩色闪灯的大叔，客人一坐上来就可以点歌来唱，音乐结束计算机还会评分，如果唱得好，师傅还会大声鼓掌欢呼。

有次我妈回家，拎着一个鸟笼，里面是一只五彩的鹦鹉。她说她刚刚搭的出租车上，有一只师傅养的鸟在车厢里飞来飞去，还会讲话背诗，她夸了一句很有趣，没想到师傅立刻从前座搬出一个笼子，神秘兮兮地说这只才艺也很多，而且一看就知道和她很有缘分。我妈一时手足无措，于是就把鸟买回来了，花的钱大概是车资的十倍。

那只鸟在我们家住了3年，大概是与我们没有共同话题，都没有开口和任何人说过一个字。

有次我叫了一台车，一坐上去就愣了一下。

车子里大大小小贴满了照片，有生活照也有艺术照，看起来应该是师傅的家人。我要去的地方比较远，于是有很多时间端详这些照片，它们都用透明胶膜保护得很好，有些挺模糊的，看出来年代久远。

“不好意思，照片很多，有没有吓一跳？”师傅从后照镜看着我，很客气地问。

“不会啊！很温馨。”我笑了笑回答。

“都是我的老婆孩子啦！”他告诉我，看得出来十分得意。

“这些是你太太布置的吗？”我有点好奇，毕竟男人这样晒恩爱的很稀有，大部分都是女人把自己照片往男人的工作场合塞。我爸的办公室里到处都是我妈的照片，没有一张是他自己开口要的。

“不是噢！”师傅笑得很开朗，“这都是我弄的！”

接下来的半个小时，他和我分享了他们夫妻的恋爱史，儿女的成长过程；在红灯的时候展览了孩子们得过的奖状，家人们去过的地方。师傅的两只手臂，在长期日照之下被晒成黑红色，与原本的皮肤形成两截明显的对比。他的手边放着一个保温杯，里面是看不清楚的一堆草根。他告诉我这是他太太每天清早出门前给他泡的药茶，说每天没喝完三大杯不准回家。

“我年轻的时候，很爱赌，”师傅很不好意思地抓抓头，“太太管不了我，还不能说噢，一说我就要发脾气。她过得很苦，可是都没有离开我。后来有次要过年了，家里连买菜的钱都拿不出来，我觉得自己实在太不像话，发誓再也不赌了，日子才慢慢好起来。”

“现在孩子大了，工作都不错，”他很开心，双手愉快地随着方向盘转动，像在弹奏一首轻快的歌曲，“下个月我要带她去澎湖玩，我朋友都说那里很漂亮。”

目的地到了，我数钱给他。师傅一边找钱，一边眉开眼笑地问我：“你去过澎湖吗？”

我没去过，但我知道那是一个离台湾大约五十公里的小岛，碧海蓝天，是潜水的好去处。

只能带你到这么近的地方，谢谢你陪我走了那么远的人生。

东西不多的时候，我常选择坐捷运。速度快、班次多，不堵车又节能，车子到站的时候有段悦耳的嘀嘀声，我很喜欢听那段音效。

车厢内的礼仪大部分人都清楚，让坐车的经验基本上很愉悦。还记得有次从淡水坐回台北，那是一段很长的车程，起点站出发的车厢位子很多，我选了靠窗的座位，一边听音乐一边看风景。

经过了几站，人渐渐多了起来，原本空荡荡的车厢也减少了空位。在离台北车站路程约一半的地方，上来了一对男女，女人是一位年轻的孕妇，她身边的男人穿着紧身背心，露出的皮肤上都是满满的刺青。

刺青分很多种，从一个人身上的图案，其实能看出很多。有的一看就知道是找“迈阿密刺青客”里那种名师刺的，花的钱大概比买一幅现代画家的作品还要贵。会刺荆棘或是英文字的多半都是年轻人，刺青是为了造型，想表达的是态度。

刚刚走进车厢里的男人，身上的图案虽然面积很大，色彩缤纷，线条却不精细，甚至有点拙劣。

这种刺青的存在必要性大于艺术美观性，换句话说，会刺这种图案的，不是好惹的人。

有这种粗浅常识的乘客明显不止我一个，因为他们走进来的时候，坐在我斜前方的大叔，下意识不安地转开了视线。

我身边的位子还是空的，于是怀孕的女人步履蹒跚地走过来坐下。车厢里只剩下一个空位了，在离我们大概几步远的位置。刺青的男人有点犹豫，他对坐在我旁边的女人说："你先坐在这儿，很快就到了。"

车子很快开动，男人摇晃着，慢慢往另一边的空位走去。他迈开脚步，回头往我身边的女人不放心地看了一眼。

我还没意识到自己在做什么，身体已经站了起来，我对眼前的五彩祥龙说："这里给你坐。"

他顿时眼睛一亮，伸出手对我行了一个军礼，虽然歪歪倒倒，却充满了诚意。他的脸上是一个灿烂的笑容，嘴咧得很大，露出被槟榔汁与香烟染色的牙齿。

"小姐！谢谢你！"

眼前的一幕反差之大，让我忍不住也笑了，对他点点头。

那是一句令我最措手不及的感谢，却也最温柔。

天气好的时候，我喜欢走路。

我住的地方，隔一个巷口就是闹区，因为生活方便，来来往往的人很多。刚搬来的时候我还在摸索阶段，花了点时间熟悉附近的餐厅与超市，培养自己喜爱店家的口袋名单。

我不太喜欢吃蔬菜，所以常去一间现榨果汁的小摊子买蔬果汁，补充纤维与维生素。老板很热情，常给我免费加芹菜与苦瓜，打出来一大杯的盛情难却，喝得我满肚子的愁眉苦脸。

有一次等果汁的时候，路边远远走过来一位老先生，他穿着全白的西装，戴着一顶全白的帽子，里面是鲜红色的衬衫，在大热天里显得非常奇特。

好吧！和天气没有关系，这样的打扮无论什么季节都很匪夷所思。

老先生走到我旁边，我知道没有礼貌，但实在忍不住不看。他走近了我才发现，连他的皮鞋都是白色漆皮，擦得发亮。我发誓如果我蹲下，能在他的鞋子上看到自己的倒影，而且是目瞪口呆的一张脸。

“你好！”老先生中气十足地与我打招呼，也对正在打果汁的老板挥挥手。他拿着一沓传单，顺手递给我一张。

“如果看见这位小姑娘，请务必打这个电话，谢谢。”他很有礼貌地对我说，然后继续往前走。

我还没来得及细看手上的纸，身后的老板就开口：“你不要理他啦！他这个人噢，大概是老了，有点怪怪的。”

老板比着自己的头，手在脑袋旁边画圈圈：“我们这边的人都知道他。”

我看着老爷爷渐渐走开的背影，在盛夏的阳光下，他神采奕奕，对每个经过的路人发传单。

天气实在太热，我一边喝着果汁，一边匆匆往回家的路上走，进了家门才发现，我顺手把刚刚的传单带回来了。上面有一张模糊的转印照片，是一个年轻的女人。

照片旁边有一段字。

亲爱的小雪，自从40年前一别，我一直无法忘记你，深深懊悔当时为何不鼓起勇气，与你携手共创属于我们的未来。虽然目前尚未与你取得联系，但我不会放弃，希望尚未太晚。穷此一生，我只愿再见你一面。寻找程盈雪，身高约160厘米，原居住地址为×××，有任何线索请电×××，必有重谢。

我回想刚刚在阳光下擦肩而过的老爷爷，脸上都是寿斑与皱纹，传单上的照片看得出来是多年前拍的，当年的小雪如果还在，现在差不多也有70多岁了。

这两个人的一生，不知道还能有多久；希望能再长一点，起码能让他们再见一面。

或许小雪已经儿孙满堂，也可能她已记不起他是谁。

但希望，起码老爷爷能穿着那身笔挺的白西装，对她再喊一声“小姑娘”。

这世上，爱情的面孔有无数种。

或许有些人一辈子也不会到欧洲旅行，有些人永远没坐过名贵房车，有些人甚至不能与相爱的人相守到最后。

不过那又有什么大不了。

每分每秒，每个角落都有人用自己的方式，尽力而不卑微地去爱着对方。

英雄

每个强大的人，背后都有值得守护的东西。软弱谁不会，问题是谁会看透多少武装背后的几许温柔，然后站出来替你坚强。

世界会善待英雄，纵使没有奖杯奖状，它知道它欠你一个好结局。

现在的女孩子，身边都有几个女汉子朋友。

一开始这个词是形容行为粗鲁甚至带点男性化的特质，后来则统称个性率直、不拘小节、大大咧咧的女生。

事实上，现在的女汉子，大概比真汉子还要多。这个词如此泛滥，猛哥已经不能被称为女汉子了，必须发明新词，她是女英雄。

根据维基百科的解释："英雄：质量优秀、做出超越常人事迹的人。"

这句话下面没有贴猛哥的照片，真是维基百科的一大失策。

猛哥其实不叫猛哥，她叫陈子萌。这个名字她轻易不告诉别人，因为和本人差太多了，讲出来是自掘坟墓。她的外形并不男性化，事实上猛哥长得还挺漂亮，身材瘦瘦的，手长脚长。不动手的时候看不出来力气大，不说话的时候骗骗无知少男，也能被称为女神。

问题在于她疾恶如仇的个性。她的公德心奇高，和她出入公共场合，都要有随时抄折凳的心理准备。

高中时代，有一次校外教学是去参观水族馆，在一缸水母前面，上面的牌子明明写着“拍照请勿使用闪光灯”，却偏偏有几个游客大概肚子饿了，把公共场所当作海产店。一边兴奋大喊：“海蜇皮呀！这就是我们吃的海蜇皮！”一边用闪光灯把四周的人闪得眼睛都睁不开。

旁边的人敢怒不敢言，猛哥第一个不乐意了，一开始虽然冷着脸，但还算好声好气：“先生，不好意思，这里拍照不能用闪光灯。”

一个高大的男人转过来打量她，从鼻孔哼了一声：“关你什么事？你是工作人员吗？”

猛哥双手抱在胸前，冷笑回答：“不需要是工作人员也能认得字，上面的牌子写得一清二楚，要不要我念给你听？”

那男人恼羞成怒：“你以为你是谁！多管闲事看老子不揍你！”

“有本事你就打，”站得直挺挺的猛哥抬头盯着对方，“大字不识一个，你也只剩拳头比别人强。”

就在两边僵持不下的时候，老师匆匆带着水族馆的工作人员过来处理。我趁机把猛哥拉开，她还一脸悻悻然：“干吗！我就不信他敢动我！”

“敢就来不及了！”我没好气地瞪她一眼。

还有一次大家去看电影，那部片子里的赞助品牌有点多，因此时不时就会出现一些品牌的logo。本来也很正常，但观众席有一个男人，大约是想在女伴面前卖弄自己的智商，不停大声钦点他认得出的品牌名，看到Samsung喊三星，碰见Audi叫奥迪。大家不堪其扰，多次咳嗽或是嘘声都无法制止他。

我能感觉到身边的猛哥坐立不安，知道正义的化身又要出手了。

果不其然，接下来屏幕上出现Asus的计算机，后座的男人还没来得及出声，猛哥把握机会，立刻转过头去大声对他说：“华硕呀！华硕！怎么不喊了？就你会英文！”

后座的男人呆若木鸡，全场哄堂大笑。

除了在公共场所免费维持风纪，猛哥还痛恨别人装。她忍不住话，因此常常出言不逊，得罪人更是家常便饭。

某年有人生日，我们一起去KTV唱歌。酒酣耳热之际，推门进来一个男人。那天来的朋友很多，一个拉一个，常常有人在包间川流不息，到后来都不知道谁是谁。

他全身金光闪闪，最耀眼的是腰间一个H字样的爱马仕皮带头。也是运气不好，他环顾四周，最后在猛哥身边坐了下来。

他看看手腕上的钻表，一副很忙的样子，皱着眉头煞有介事地问猛哥：“不好意思，我赶时间，你知道Howard在哪里吗？”

猛哥看都不看对方，自顾自地喝酒。

她的冷淡反而引起钻表男的兴趣，他为自己倒了酒，作势要敬猛哥一杯：“你叫什么名字？”

猛哥转过来看他，面无表情。

“哟，不说话？”钻表男有点自负地问她，“你知道我是谁吗？”

猛哥缓慢地摇了摇头，依旧一言不发。

“怎么可能，”钻表男哈哈大笑，“出来走的人，谁不知道我的名字！你居然不认识我，未免太孤陋寡闻了。”

这时候，附近的人全部降低音量，侧着耳朵想知道这位到底是何方神圣。我们忍着笑，知道猛哥马上就要发飙了。

只见她一只手拿起自己的手机拨号，另一只手举起麦克风，用整个房间都能听到的音量说：“喂？110吗？这里有个失忆症患者走错包间了，他不记得自己是谁，还一直问别人的名字……对对，他还说出来走的人都应该认得他，我觉得他可能是交通警察……好可怜，请你们快派车来接他去精神病院。”

全场哗然，钻表男脸色发绿，愤而离席。猛哥伸出手，帅气地弹了弹肩膀上不存在的灰尘。

猛哥就是这种女人。

几个朋友老劝她，说她太认真，大家不是都说嘛，认真你就输了。这个社会上什么样的人都有，一个个都计较那不得累死。可是猛哥总是摇摇头说，就是因为大部分的人都这样想，所以世界才会越来越令人失望。输赢没关系，如果连自己认为重要的价值都不尽力守护，就没有立场抱怨以后遇到的不公平。

她这样说的时候，全身散发着正气的光芒，大头眼疾手快，在便利贴上写下“十大杰出青年”几个大字，啪一声贴在猛哥的额角上。

而猛哥这种女人，也免不了患得患失。

她喜欢的是和大头一起当过兵的黎曦，为了替自己和男神制造机会，她央求大头约他出来吃烤肉。

“不行，”大头一口回绝，“黎曦最讨厌刻意的安排，他要是知道了肯定骂死我。”

“你怕他骂死你，就不怕我现在打死你？”猛哥冷笑一声。

“你打好了，反正又不痛。”大头一派优哉游哉。

“你就帮她一次嘛！大家一起出来玩，又不是要你下药迷奸他！”小茹推了大头一把。

“说不行就不行，”大头神情庄严，“一起当过兵的男人就是兄弟，出来混讲的是义气与诚信，不容许任何欺骗！”

“你把黎曦约出来，我就把你上次来我们公司见到的大胸前台介绍给你。”猛哥盯着大头的眼睛说。

“呸！”啪的一声，大头拍桌站起，义愤填膺，“你们把我当成什么人了？”

“晚餐加喝酒，一句话。”

“成交。”

那天我们浩浩荡荡两部车，选了一个可以烤肉的沙滩。猛哥经过我们叮嘱，特别穿了小背心和短裤，露出姣好的身材。坦白说，只要她不大暴走，附近又没有乱丢垃圾、大声喧哗或是不捡狗大便的人，我觉得成功机会还是有的。

海边的风景很美，我们到了的时候已经是下午四点，大家一阵手忙脚乱，等到真正吃上肉，也差不多是晚餐时分。我们一直制造机会给黎曦与猛哥，说不是刻意安排也就像个相亲的局。她很尽力地表现自己的温柔体贴，为男神拿啤酒、递纸巾、递烤肉串，把他伺候得好好的，自己弄得满脸油和汗。

貌似太殷勤了，远看有几分像酒促小姐。

等到大家都吃得差不多了，我们很有默契地散开，散步的去散步，捡贝壳的捡贝壳。天知道这么暗的夜晚，不一跤跌进海里溺毙就不错了，哪捡得到什么鬼东西。

猛哥和黎曦坐在一截枯木上，面对着夏夜的海浪，以及一轮挂在深蓝色天空的月亮。四下无人，虫语蛙鸣，说有多浪漫就有多浪漫。

“哗……”大头拉着我，偷偷躲在后面的草丛里偷看，“这场景连音效都有了，母猪赛貂蝉啊！这都拿不下来，我看咱们猛哥只能削发为尼了。”

“别这样说，她还能弯成基啊！”说要去抓萤火虫的Jason，居然也带着女朋友鬼鬼祟祟地出现在我们旁边，“我赌一百块，黎曦今晚肯定被吃。”

“说不定是猛哥被吃呢，”不知何时蹲在旁边的大宝悄声说，“你们看她今天那么勤快烤肉，把自己弄得闻起来和一块T骨牛排似的，说不定这是一种战术。我赌两百被吃的是她！”

大头哧一声差点笑出来，几乎要暴露大家的行踪，被我们狠狠瞪了一眼，忍得全身发抖，不敢再出声。

只见坐在枯木上的两个人中间大概还有一米的距离，猛哥低着头不发一语，黎曦左顾右盼，可能是有点闷了，时不时还拿出手机来刷。

看这个情形，坐到天亮也没有用，我猛戳大头要他想办法，他抓了抓脑袋，突然灵机一动，扯着嗓子发出幽幽的哭声：“呜呜呜……苦啊……我好苦……”

黎曦和猛哥被吓了一跳，猛哥立刻伸出双手挡在男神前面：“别怕！有我！”

黎曦一脸尴尬，躲在草丛里的我们摇头叹息，下注两百块的大宝拒绝轻易投降，掏出手机发了一句话过去：“温柔一点！拿出你的少女心！”

几米以外的猛哥看了信息之后愣了几秒，突然露出融会贯通的笑容。

就在我们正大感孺子可教的时候，她推了黎曦一把，娇媚大喊：“有流星！”

大家都被这突如其来的狮吼声震蒙了，只见猛哥立刻低下头，紧闭着眼睛许愿。

她居然活生生上演了一出《少女的祈祷》……那不是一首世界名曲吗，怎么会变成一出戏了？

“黎曦？”等她睁开眼转头看向旁边，男神已不见踪影。

“我在这里……”从枯木的另一头传来黎曦的哀号声，“你干吗突然用力攻击我？”

刚才猛哥柔情似水的那一记亢龙有悔，让男神从坐着变成躺着，还碰伤了尾椎骨。

那晚的下半场过得很零落，我们连忙让黎曦坐在一袋冰块上，开车带他回家。一路上他都气得不说话，下车的时候我觉得他尾椎应该没事了，不过屁股肯定长了冻疮。

猛哥脸上满是懊悔，看了令人很是不忍。大宝叹了口气，想要安慰她却不知从何说起，最后只好双手合十对她深深一鞠躬。

“参见师太。”

那是我们最后一次见到黎曦。

就在大家都看衰猛哥的桃花运，觉得她的感情比股市更一蹶不振的时候，她居然恋爱了。

事情是这样子的，那天猛哥去买东西，人潮汹涌的闹区正是扒手出没的地点。她注意到前面有个身形矮小的男人，正伸手到一个倒霉蛋的外套口袋里偷东西。她想都没想就出手把男人的手臂挡开，大喝一声："干什么！"

扒手这种生物很有趣，在某一种程度上体现了人性。他们被发现了通常会恼羞成怒，气势比受害者还彪悍。那个矮个儿男人一边往后退，一边大呼小叫地要她别走，等下就随同千军万马回来找她。

"我等着！"猛哥双手叉腰，"快带哈比人军团跳起来打我的膝盖！"

解决了扒手，她这才有空看清楚刚刚差点成为受害者的这个人，对方糊里糊涂的，才发现自己被扒，就被她一连串迅雷不及掩耳的后续吓得不知如何反应。他叫高贺明。

当他们两个人牵手出现在我们面前的时候，大家也被吓得不知道如何反应。

"男的……"大宝不可置信。

"活的……"大头语无伦次。

"不！是！基！"Jason满地打滚，像是亲眼见到世界末日。

无论多么令人傻眼，这两个人真的从此出双入对，我们也松了一口气，毕竟以后不需要去庙里探望老朋友是一件值得高兴的事。高贺明欣赏猛哥的帅气与直率，往往在她正义感爆棚的时候笑出来，觉得这样的女孩子太有趣了。这个例子曾经着实地激励了身边包括我在内的许多女性，认为世上的另一个半圆真的存在，自己还不能放弃。

这大概是人们喜欢英雄的原因：通过认同的价值被肯定，我们得到希望，过去的挫折仿佛都被平反，从此一笔勾销。

大半年后，有一次大宝生日在夜店请客。他交游广阔又是个土豪，那天晚上他名下有好几桌。这种场合常常有我们所谓的搅和咖出现，他们通常在不同的桌子混，和主人不熟也不在乎。男生会主动过来认识我们带来的妹子，喝掉我们开的香槟，但是从不付钱，吃干抹净后还顺手把酒拎走。有点良心的，后来会开一瓶便宜的酒还你，无耻的连人带瓶从此一去不回。

大宝的个性很爽快，对于花得起的钱从不计较，主人不说话我们也见怪不怪。直到有个高大的男生出现，大家的脸色就变了。

他是大宝姐姐的前男友，就是个吃她用她还惯性劈腿的无赖。他一边和几个朋友打招呼一边走到桌边，看到冰块堆中的酒瓶，拿起来就找杯子。

大宝推开身边的人就要过去，但离得比较近的猛哥抢先一步，她伸手就把酒瓶抢回来。情况迅速演变成争执并开始推挤，最后出动了保安，除了要留下来埋单的大宝，我们好几个人都被暂时请到外面。

大家面面相觑，不知道是谁先开始笑的，最后全部人捧腹笑成一团。

只有高贺明例外，这次他没有以猛哥为傲。

他脸色很难看，对着她就发话："刚刚你为什么要先动手？"

猛哥愣了一下："你怪我？你怎么不问那个瘪三凭什么喝我们的酒？"

"这根本不关你的事，"高贺明提高了声线，"你能不能不要总是强出头，像吃了炸药一样？"

“大宝是好朋友，难道我们不该保护他吗？”猛哥的声音也不弱。

“全世界的不公不义那么多，你保护得完吗？”高贺明对她大吼，“我觉得你根本就是自以为是的躁郁症！正义感要用来保护真正值得的人！”

眼看大战一触即发，我赶紧过去拖走了猛哥。高贺明抱着头无力地蹲下，我们不知所措，没有人开口。

比眼睁睁看着自己的感情崩塌更无奈的，大概就是眼睁睁看着别人的感情崩塌。

一阵风卷过身边，吹走了微微的酒意。我瑟缩了一下，才发现冬天来了，就在不知不觉之间。

光秃秃的行道树，不知道什么时候鼓起勇气脱下了最后一片叶，季节的转换总是很突然，让人无法仔细分辨。就像被放弃的人，说不清楚对方的心是在确切的哪一天出走。

可是，其实这些不同早已发生，如同逐渐降低的气温，悠然枯黄的绿树，缓慢缩短的白昼。它细微而确切地进行着，有心的转变避开了无心的眼睛，于是没有人察觉。

不过就算发现了，大概也无计可施。

有预警又如何，对于没法改变的事，还不如闭上眼睛，和世界一起假装毫不知情。

后来我们好几次聚会，都很有默契地没有约他们两个。两个多星期后的某天，猛哥打电话来问我有没有空。

“有啊，干吗？”我一边看电视，一边不经意地问。

“捉奸。”电话那头传来她简短的回复。

“什么？”我嘴巴微张，遥控器掉到地上。

猛哥很冷静地告诉我，这阵子高贺明对她的态度显著改变，总是挑她的错，她做的每一件事他都看不顺眼。昨天她发微博圈了高贺明，只简短地说明天要给他一个惊喜。回到首页，“可能感兴趣的人”推送了几个陌生脸孔，她无意识地刷下去，又在万分之一秒内刷回来。

有个女生头像的背景很熟悉。

猛哥点进去看，赫然发现她照片的拍摄地点，是高贺明家的客厅。

于是她花了一整晚的时间，看遍了这个陌生女孩所有的微博内容，终于在凌晨一点，确认了她正在和自己的男友交往，而且她知道自己的存在。凌晨两点，猛哥已经得知她的名字叫小蓝，工作地点也有了。

“你想去干吗？”我知道猛哥的脾气，场面不会好看。

“你不要管。”她的声音听不出情绪，“去不去？”

我只能说好，挂了电话立刻找到大头，由他开车带我们去小蓝的公司。抵达了猛哥给的地址，附近没有地方停车，于是我们一圈一圈地在附近绕。

气氛沉闷得让人几乎不能呼吸，于是我按了音响，起码能听点音乐。

I wonder if you know

How they live in Tokyo

If you see me then you mean it

Then you know you have to go

Fast and furious !Drift,Drift,Drift……

“这是什么鬼！”震耳欲聋的音乐传出来，我瞠目结舌。

“《速度与激情》的主题曲，东京甩尾啊……”大头很无辜。

“你就没有别的吗？！能缓和气氛的！”我一边翻找着他的CD，后座却突然传来猛哥冷冷的声音。

“没关系，这个很好，就听这个。”

她的情绪镇定得可怕，像是台风来之前带着海水味的空气。我和大头同时交换一个“糟了”的眼神，如果有什么音乐能让一个人热血到手撕另一个，噢，是两个人，那绝对就是这首歌。

“其实……”大头有点困难地启口，准备做点灾难控制，“男人都是吃软不吃硬的，我听人家说，要挽回他的心得软一点，越强势越没有用。”

猛哥看着窗外，过了一会儿才开口：“软弱谁不会，问题在于观众想看是谁。”

她转过头问我们：“现在我的温柔，高贺明还能看得到吗？”

下雨了，背景音乐还在“Drift Drift Drift”地嘶吼，贝斯重而闷，我却能清楚地听见雨落在车顶的声音。我们的心都被水一点一滴地浸湿，以至于很多年之后，那个满是深深浅浅水印的夜晚，还存在我的记忆里。

没有人接话，答案明显而肯定。

窗外的灯光从点连成线，迅速从玻璃上掠过。或许是背景太过绚丽，猛哥的侧脸变得有点透明。我这才惊觉这阵子她瘦了好多，有点看不见了。

一个人喜欢你，有千百种原因。可能是你的笑容，在一个冬日驱走连绵的阴雨。可能是你讨厌面里的葱，却总忘记提醒老板不要放的糊涂。他走遍四季，满眼都是你的细节，踏不出你双手举起，从左手连到右手的圈。

而一个人不喜欢你，原因只有一个，就是不喜欢了。他并肩走在你身边，明明距离伸手可及，却像是隔着整个世界。

眼看时间差不多了，我们临时停在目标大楼的对面巷口，就在这个时候，高贺明出现了。我和大头同时抬起眼，猛哥没有表情，在后照镜里摇了摇头。

看来是要彻底撕破脸的状况。我很㞞，心跳得很快，转过去看看大头，他满头大汗，也没好到哪里去。

“啊！”大头突然直视前方，大楼里走出来一个女孩子，只见高贺明立刻迎了上去。

我们都还来不及反应，后座车门已被砰的一声大力甩上。猛哥正准备越过马路，杀气腾腾地向他们奔去。我和大头手忙脚乱地下车，但还是慢了好几拍，连她的衣角都拉不到。

“高贺明！”猛哥一声暴吼，四周下班的人潮全部唰地往我们这边看过来。

其中也包括高贺明和他手臂里勾着的女生，他大吃一惊，脸色惨白。旁边的小蓝本来满脸疑惑，但似乎瞬间明白了什么。

“高贺明！”猛哥大步向前，迅速举起手，眼看一巴掌就要下去了，大头连忙扑过去拉住她。我知道他不是为了高贺明，是为了猛哥她自己。

就在这一刻，那个小蓝居然哭了。她往后退了一步，瑟缩在高贺明身旁，看起来居然有点可怜。害怕可以理解，不过我到现在都不明白，正宫还没哭，她哭个屁。

“不要打她！”高贺明慌张伸手过来挡，一面把小蓝护在身后，“要打就打我！”

这一句话像是咒语，解除了猛哥原本高举的手。她的动作静止，手臂缓缓放下，颓然垂在身侧。

她低下头，双肩隐约有点颤抖。

再抬起头的时候，猛哥看着双手紧紧护着小蓝的高贺明，他的脸上充满着对她的戒备与对另一个她的疼惜。

“原来这就是你所谓的，保护真正值得的人。”猛哥笑笑。

她拨拨头发，捡起甩在一旁的包包拍了拍，像是要把心里的灰尘全部抖掉。

“走吧！”她转过来潇洒地对我说，抬头挺胸，不等我回答就扬长而去。

认识猛哥那么多年，这是她第一次放弃为民除害。英雄大概都是如此，为别人讨公道的时候一马当先，力拔山河气盖世，事到自己头上却只能打落牙齿和血吞。

或许是因为被欠得太多，要声讨也不知道该从哪里开始。

我赶忙跟在后面，却在一个转角失去她的踪影，四处找了半天，才在大楼的柱子旁边找到猛哥。

她蹲在地上，头埋在双臂之间，像个孩子一样痛哭失声。

我在她身边坐下，没说什么，只是将她的头靠在自己的肩上。猛哥转过头，双手抱着我，哭得声嘶力竭。

雨越下越急，大头走过来，默默地替我们撑起伞。他靠着墙，点了一根烟，有一下没一下地抽，屋檐下的雨水都落在肩上。

那条街很热闹，路过的行人难免盯着我们看。我知道猛哥一向讲求帅气，在公共场所失态还不如要她去死，但那个时候没有人在乎。

再剽悍的人生，总允许几个软弱的时刻。有的人很幸运，在窄巷里被暗算，还来得及运功佯装镇定。有的人不太巧，在太阳下受凌迟，已经无法低头婉拒难堪。

没关系，谁的心没有过几次缝缝补补，谁都免不了带着伤痕向前走。

谁也没办法阻止天气变幻，但朋友能做的，就是张开一把伞，试图遮一遮你心里的雨。陪你痛哭失声，陪你排出毒素，陪你凭吊过去，陪你收拾残局。再和你一起狠狠哭出满山遍野碎片，把它们都捡起来，拼放在对的位置上。

猛哥哭着从包包里拿出一张白色的小纸片，上面有黑白的扇形图案，中间是一个模糊的小白点。

那张纸很快被雨点打湿，但我们都还来得及辨认出，那是一张超声波照片。

刹那间，大头和我都明白，她昨天留言要告诉高贺明的惊喜是什么。

我的脑袋瞬间一片空白，血液像是从脚底被抽干。猛哥在颤抖，大头霍地把纸片从她手里抽走，转身往后跑。

我知道他要回去找高贺明，现在状况不一样了，高贺明对猛哥有责任，对她肚子里的生命有责任。

而有责任的人，不配被谁成全。

可是猛哥巍巍站起来，伸出手指着大头吼：“回来！”

大头停下脚步，过了几秒才回过头，手心紧紧握着那张纸，眼里尽是不忍与恳求。

猛哥走向前，把纸片一把抢过来，她狠狠地盯着大头，一个字一个字慢慢吐出来，像是刀切一样深刻。

“谁都不准告诉他，”她转头看向我，“知不知道？”

我点点头，想要说却又说不出口的，通通化成眼泪急流而下。大头撇过脸去，我知道他也哭了。

猛哥当着我们的面，把那张纸撕成碎片。反正都是输，最后的底牌也不再有意义。太骄傲的人总是吃亏，因为他们不屑用“撒手锏”。

她站在街上，用雨来祭奠不被期待的事实。她一点一点撕裂过去的岁月，消灭未来的可能，肢解曾经的笑声，绞碎此刻的痛苦。

而在一边旁观的我们束手无策。

对于没法改变的事，我们只能闭上眼睛，和世界一起假装毫不知情。

后来很久我们都没有再看见猛哥。

我明白她不是丢下朋友，也不是觉得丢脸，而是那个下雨的晚上太痛苦，她需要时间掩埋过去。我们不巧是那段伤痛的一部分，于是她只好将我们也暂时切割。血肉模糊的英雄谁看过，都要找个不为人知的角落运功疗伤，把自己拼凑起来之后再帅气出现，闪瞎所有人的狗眼。

没想到再次目睹她的光芒万丈，是在两年之后。

那是快过农历年的时节，我在挤满人的年货大街上，受母后的指令去采买年货。在人头攒动的骑楼下，我见到一个熟悉的侧脸，于是出声喊她。

猛哥转过头来看见我，笑了。

我越过重重人群，好不容易到了她身边，她介绍身边的男人给我认识，说是她新婚的先生。我看着她微微隆起的小腹，还来不及表达惊讶，我们就被涌过来的人潮推挤开来。这时候，猛哥的先生伸出手，一臂护住她，另一只手扯住差点跌倒的我。

“不好意思，”他很有礼貌地对旁边抢买特价干贝的大妈们说，“这里有孕妇，能不能小心一点。”

猛哥低着头，有点不好意思地看着我，我什么都没说，只是紧紧抱住她。

然后我们都哭了，像个孩子一样号啕，毫无顾忌地，就在充满香菇、虾米、花生味道的大街上。

每个强大的人，背后都有值得守护的东西。软弱谁不会，问题是谁会看透多少武装背后的几许温柔，然后站出来替你坚强。

人们喜爱英雄，因为通过认同的价值被肯定，我们得到希望，过去的挫折仿佛都被平反，从此一笔勾销。

看着高处的人活得虎虎生风，我们因此相信世上的另一个半圆真的存在，自己还不能放弃。

那么，要信就信到底。

虽然不知道什么时候，不知道是在哪里，但一定会有人出现，让你安心放下武装，归隐山林，圆润尖角，笑看所有不公平。

什么女汉子、女英雄的称号，从此都变成江湖传奇，被时光夹在书里，被岁月腌制成罐，想起来的时候拆封下酒，过去的豪气干云在杯子里缓缓绽放，温暖着每个飘雪的夜晚。

世界会善待英雄，纵使没有奖杯奖状，它知道它欠你一个好结局。

因为这个你深爱的小宇宙，你曾当仁不让地维护过。

NEAL'S YARD
meeting
rooms
HAIR BY FAIRY
Pure & Natural
Face & Body
Hair
Massage
RECEIVA FREE
HAIR CUT WITH
FULL HEAD HIGHLIGHTS
FOR £85
HALF HEAD HIGHLIGHTS
FOR £65-
FULL COLOUR FOR £65-£75
HAIR CUT MEN -£16-
WOMEN -£19-

心疼

我家那条巷子有很多吃的，其中生意最好的几家店，分别是排骨饭、烤肉饭、越南河粉与铁板牛排。因为节食的缘故，我尽量晚上不吃淀粉类，所以巷口的平价牛排馆，就是减重时的外食好选择。

每次都点比较瘦的菲力牛排，综合酱。无限吃的汤和面包我都不拿，加了千岛酱的色拉也不能碰。牛排来了的第一件事就是把荷包蛋翻面。酱拨到一边，斟酌蘸取，吃完就心安理得走回家，肚子和心里都暖暖的。

那天我坐在二楼的位子，一边抬头看着电视上的新闻，一边喜滋滋地等着肉端上来。这时候，隔壁一对情侣起了争执。这种小店为了将空间做最大效益化，往往位子都排得特别近。我真的不是故意要八卦人家吵架，是不听都不行。

吵架好像是因为前女友之类的问题，女生努力压低声音，但还是很明显地非常不高兴："她生病关你什么事？你又不是医生，为什么谁都不找就找你？"

我一边往嘴里塞牛排，一边在心里暗暗点头："嗯嗯嗯，骂得有理，这个谁都会生气。”

男生不知道辩解了什么，不过显然没有用。两个人越吵越大声，就快要比电视里面抗议的民众还要激动。

就在怒气升至最高点的时候，他们点的牛排居然来了。用“居然”这两个字也许不妥，毕竟店员和牛排本身都很无辜，不知道这年头上菜还要看客人的脸色和时机。但如果正吵得不可开交的两个人，还能同时拿起餐巾纸打开，遮住掀开盖子后四溅的酱汁与油，那画面应该更匪夷所思。

在一片吱吱声与白烟中，男生猛地抓着包包站起来，女生反射动作伸出手抓住他，情急之下手腕在铁板上烫了一下，痛得叫出来：“啊！”

那个男生愣了两秒，居然还是走了。

完了，我心想，连心疼都没有，这下惨了。

是这样的，在爱情中，心疼这个情绪很重要。很多时候，它往往是衡量对方还对你有没有感觉的准则。喜欢你的人，往往觉得你很小很笨，事事都为你担心。即使你工作上勇猛无比，朋友成群结队，个性独立成熟，他还是觉得你没有他就会垮掉。借由关心你保护你，他存在于你的生活中，找到了价值，也因此和你越来越贴近。所以当应该心疼的人受伤了，无论是身体还是情绪，他能头也不回地走掉，那就表示他已跨越了最后的那条线：抱着手，正式站在不爱的那一边。

那个女孩坐在位子上一动也不动，低着头，应该是在哭。电视上的主播还在哇啦哇啦地讲，现场气氛有点僵。这时候，楼梯传来一阵急促的脚步声。刚刚抓着包包走掉的男孩子，气喘吁吁地出现在楼梯口，手上拿着一个大概是从对面便利商店刚买回来的玻璃瓶饮料，冰的。

他坐下来，一句话也不说。脸上还带着怒气，把女朋友的手抓过来，按在饮料瓶子上。

好啦好啦，我心想。牛排也吃得差不多，我站起来下楼，慢慢走回家。

心里和肚子一样，暖暖的。

#爱情亲口告诉我的事#

每个人都该被一个人珍藏在心上。

全世界都不认真看待你也没关系；他会仔细聆听，把你视为主角，生命中的荣光。

只要你还在

我们都很普通，谁也不是超人，没办法带心爱的人逃离生活的困境。

可是没关系，只要你还在。因为人就是从爱中获得勇气的。

我是一个不相信远距离恋爱的人。

所以当如珊来问我该不该和陈震交往的时候，我是反对的。

如珊是我的朋友，很漂亮的女孩子，比我小几岁。她中英文都很流利，是一位活动主持人。认识陈震的那晚，如珊答应了好姐妹要为她主持婚礼，于是风尘仆仆地从台北赶向南部。

高铁要坐四个多小时，窗外风景从灰扑扑的城市转成绿油油的田野，不变的是一路上念念有词的如珊。她的好姐妹来自小康家庭，先生是某上市公司的小开。尽管两个人爱情长跑多年，多嘴的人还是觉得新娘子高攀了夫家。如珊比平常更用心准备，努力记住一大堆叔叔伯伯与政治人物的头衔和名字，希望能有个完美的表现，用自己微薄的力量给好友添些面子。

当她终于奔波到了现场，只见婚礼顾问声嘶力竭地拜托各位大人物能不能赏个脸，注意听致辞的规则。然而早到场的来宾都在忙着社交寒暄，透过晶莹剔透的香槟杯，互拍肩膀分享最近高尔夫又进步了几杆，麦克风那一端在说什么根本没人理会。

如珊当时已经有过几年的工作资历，胆识和经验都不是初出茅庐的菜鸟。凭着对专业的坚持，加上两肋插刀的义气，她的心里立刻熊熊燃起一把火。

“开玩笑，这是我姐妹的好日子，我怎么能让一群加起来超过500岁的男人毁了这个晚上！”

于是她抓起麦克风走上台，换上无数客户称赞过的招牌笑容，用清朗的声音大声说：“各位贵宾晚安，对，就是舞台正前方穿着黑西装、拿着香槟的叔叔伯伯们，你们好。我是今天婚礼的主持人李如珊。”

“你们不用记得我是谁，”如珊笑得很灿烂，露出雪白的牙齿，“但我可是知道你们每一个人的名字，因为等一下大家都要上台来致辞。请注意，每个人只有十分钟。超过时间的人请放心，我们不会怎么样，只是会在致谢的时候特别大声念你的名字，还会重复三遍。”

“所以，如果各位不想让台下记得你就是那个让全场来宾饿肚子的人，致辞请简洁有力，记住‘KISS’原则：Keep It Short & Sweet，谢谢。”

说完她鞠了个躬，老板们全都愣住，全场一片肃静。旁边等待彩排的伴郎与伴娘们爆出掌声，大家都笑了。婚礼顾问感激涕零，用想要以身相许的眼神看过来。

站在舞台旁边的陈震是伴郎之一。虽然这个女孩说她的名字不需要被记住，但那一瞬间，他知道自己不会忘记她。

第二天，陈震约她出来看电影。买好票之后还有点时间，于是他们漫步在盛夏的街上。两人肩并着肩，明明隔着几厘米的距离，但如珊能感受到陈震身上的热气汩汩流出，带着古龙香水的隐约香味，透过衬衫汹涌地向她袭来。

如同他对她的感情。

那是一个夏天。白昼漫长，高温凝滞在空气中，纹丝不动。迟迟不肯落下的太阳，用余晖框起陈震，让有关他的一切都沾上金粉，显得特别闪亮。陈震是个幽默而开朗的人，往往没几句话就能让如珊笑出来，喜欢上他实在不是困难的事。

即使在最快乐的时候，他们仍然刻意回避讨论未来。毕竟两个人隔着八小时的时差，什么都无法改变。

该来的总是要来，一个月之后，陈震回美国去了。临走前他请如珊给彼此一个机会，而她什么都没有说，因为不知道该怎么回答。

于是她来问我的意见。

我始终相信两个人在一起，就是要真的“在一起”。隔着万水千山，当下的情绪再满也不能实时分享，等传递过去了都已打了折扣。距离磨蚀喜欢，到最后自己都不知道为了什么而坚持。所谓男朋友，就是要能在平日嘘寒问暖，关键时刻发挥作用。帮女朋友搬搬抬抬，看到蟑螂打蟑螂，遇到小偷抓小偷。如果女朋友生病了要自己看医生，东西失灵自己修，那还要他干吗？

“所以远距离是不行的，女生太吃亏了，”我振振有词，“连个使唤的人都没有。”

如珊低下头，默默地认同，虽然她并没有想过要使唤谁。

然而女人的通病就是，喜欢咨询别人的头脑寻求意见，可是依旧照着自己的心意去做。

陈震回去之后，每天来电话，问候她早安、晚安，报告自己的生活琐事，一派理所当然。

过了几天，如珊终于忍不住问：“我有说愿意和你远距离吗？”

陈震很认真地回答：“你也没说不愿意啊！我爸说的，女生没说不好，那就是好。”

她扑哧一笑：“神经病！”

我不知道女生是不是真的没说不好就是好，但如果一个女生肯笑着骂一个男生神经病，那一定是很喜欢他。

就这样，如珊无奈地开始算时差的日子，患得患失地和看不到摸不着的人谈不着边际的恋爱。她变成了我口中的织女，用0和1串起鹊桥。别人出门约会的时刻，她几乎都在家里对着电脑，一出差到没有Wi-Fi的地方就会慌乱。

就这样过了一年，几个大节日的庆祝对象，都是Skype另一头的小框框。如珊对于身边的四季变换不甚明白，却对于相隔一万多公里之外的城市风光了如指掌。她知道今年的旧金山特别冷，巨人队赢了几场比赛，同志大游行特别精彩。两个人也曾努力互相触碰，飞到彼此的城市。可是机票很贵，他们当月的薪水只在自己账户里闪过一次，就直接交给旅行社，接下来的一个月都要节衣缩食。

陈震曾答应要搬来她住的地方找工作，可是递出的简历都没有下文。渐渐地，如珊提起他的次数越来越少。她的喜欢隔着太平洋的海水出发，穿越飓风，迎向暴雨，躲避行军的游鱼，闪开觅食的海鸥。虽然方向没错，可是一路上摇摇晃晃，等到踏上另一边的陆地，不知道还剩原来的几分之几。

那一年台风特别多，一次狂风在晚上吹破了如珊的客厅玻璃。凶猛的雨水灌了进来，夹杂着泥沙和树叶，地板上汪洋一片。如珊手忙脚乱地想遮住窗户，又急着抓住飞舞的物品。狂风像一只魔爪，伸进她的家放肆破坏，最后环顾四周的狼藉，满意抽身离开，连她心里最后一丝忍耐也一并带走。

看着她整晚趴在地板上收拾，陈震的内心充满歉疚，在屏幕另一头直说对不起。一方面如珊真的累了，另一方面也的确不知道还能回答什么。于是她沉默，叮一声关上了Skype。

“我不是不喜欢陈震，”如珊哭着告诉我，“相反，我越来越喜欢他，可是我越喜欢他，自己就越辛苦。我厌倦了什么都是一个人，连买咖啡第二杯半价都只能和店员笑着说，‘不用了，谢谢’。”

这次换我没有答案。

我们都很普通，谁也不是超人，没办法带心爱的人逃离生活的困境。如珊不是小孩子，我想她明白即使两个人在一起，生活的荆棘也不会就此神奇消失。可是，就算对彼此的挫折都无能为力，她只是想在伤心难过的时候，有个人能给自己一个简单的拥抱。

人不就是因为爱才获得勇气的吗？

那年冬天，如珊收拾了几天的行李，再次飞到一万多公里外的城市。她带着积攒许久的想念，把它当作最后的礼物，慎重地捧着，千里迢迢地去和心爱的人说再见。

不知情的陈震看到她非常高兴，如珊狠不下心，决定最后一天再开口。两个人利用假期，走遍了许多景点。圣诞夜那天晚上，他们到一个朋友家吃大餐。

当晚的朋友里有个叫作小孟的女生。她有种难以言喻的悠然气质，特别吸引如珊的注意。陈震告诉如珊，小孟的先生也是他的好朋友，两夫妻已经结婚4年，从医学院就开始交往，现在是不同科的医生。或许是喝多了两杯，也可能是小孟散发出来的亲切，如珊这阵子的委屈突然再也忍不住，于是很坦白地和小孟说，自己这次是来和陈震分手的。

“或许是太喜欢他了吧！”如珊自嘲，“像你这样，爱的人就在身边互相照顾，多好。”

小孟愣了一下，浅浅地笑了：“别不开心，这样吧！你明天有空吗？我先生今晚值班不能来，明天介绍给你认识。”

如珊欣然答应，刚好也想见见是怎样的男人配得上这么美好而温暖的女人。

第二天晚上，陈震和如珊先到了约定的餐厅。他们晚了十分钟，因为找不到停车位。一进门，就看到小孟与她先生坐在桌边。

陈震拉着如珊，一个箭步走过去，笑着与他们打招呼。

他为如珊介绍：“这个是我的好兄弟星凯，但你叫他浑蛋就可以。”

如珊骇笑，星凯伸出手：“你好，别听陈震乱说，我才要感谢你愿意资源回收，不嫌弃他这个疯子！”

星凯接着道歉：“不好意思，和女士握手应该要站起来，但我的腿不太方便。”

如珊愣住了，眼神不由自主地往桌下看。这才发现星凯的腿呈现与身体不成比例的萎缩。双腿虽然穿着长裤，整齐地靠在一边，但还是明显看出特别瘦弱，显得裤子特别空荡荡。他的上半身与常人无异，只有手臂较为粗壮，可能是因为需要常常用力的缘故，因为墙边放着一台折叠好的轮椅。

如珊一刹那不知所措，正当她想开口说没关系的时候，陈震笑着接口："没礼貌就是没礼貌，少牵拖到腿上！"

"他妈的，欺负残障人士你好意思？"星凯往陈震的手臂上捶了一拳，"这个段子要用多少次！"

陈震一个闪躲："你自己说，你车停哪儿了？为什么没迟到？"

"餐厅正门口，怎么样？"星凯扬扬下巴，很得意地回答。

"无耻！有牌照的流氓！"陈震翻了一个白眼。

"嘿嘿嘿，"星凯对如珊挤挤眼睛，"残障人士专门车牌，有钱都买不到的特权。"

如珊这下真的呆了，她没想到残障人士能这样被吐槽，重点是当事人还能谈笑风生，毫不介意。

似乎看出了她的尴尬，小孟笑着对她说："别理他们，男人就是这样，永远像小孩子。"

"对不起，"如珊小声地说，"我不知道，陈震没有和我说……"

"没关系，"小孟体谅地拍拍她的手，"没有人需要道歉。"

那天晚上，小孟把故事告诉如珊。她和星凯交往了3年，曾约好要一起当外科医生，每年都要去最穷的地方，为最苦的人看病。4年前两人结婚，选择了夏威夷度蜜月。

没想到第二天就发生了意外。

发生意外的过程非常简单。就在他们去潜水的路上，星凯穿着潜水衣，在岸边的礁石上滑了一跤。当时只感觉脊椎末端隐隐作痛，他也不以为意。到了晚上，痛楚越来越严重，小孟当机立断送他进医院。医生诊断脊椎的某节神经受到压迫，需要紧急处理。

手术没有成功，星凯从此再也不能为任何人开刀。

接下来的几个月，两个人度过最黑暗的日子。星凯摔过东西、发过脾气，往往指着小孟说不能拖累她，要她走，然后又哀求她别离开。

最惨的时候，星凯蜷缩在地板上哭到呕吐抽搐。小孟蹲在他的面前，坚定地看进丈夫的眼睛："这辈子你别想摆脱我，我哪里也不去。"

一千多个日子之后，星凯与小孟都已经不是4年前的那两个人。舍弃了外科医生的计划，星凯现在是儿科的医生，很受小朋友欢迎。他总笑说是因为自己站不起来，身高不超过120厘米，所以小孩子在他面前都没压力。小孟则延续了两个人的梦想，现在是公立医院的外科医生。她从纤细的身体里激发出无限的力量，撑住了两个人的城堡，没有让它倒下。

星凯不仅不能帮小孟搬搬抬抬，甚至还要小孟搬搬抬抬他。看到蟑螂只能大喊，遇到小偷立刻束手就擒。家里的东西失灵都要妻子动手修，星凯一点忙都帮不上，因为连他自己都坏了。

可是深爱他的小孟，丝毫没有觉得不值。

"我不是圣人，当然也怨过恨过，"小孟很温柔地告诉如珊，"事实上，我到现在都不明白，为什么是我们。"

"不过这是个无解的问题，答案也不再重要。星凯很喜欢孩子，所以一直很遗憾。”她微笑，“我倒无所谓，只要他还在。”

小孟伸出手，越过桌面，紧紧握住丈夫的手。星凯和陈震聊得正开心，他转过头来对妻子报以微笑。

假期过后，如珊回来了，她没有和陈震分手。我想我明白她的想法。

我们都很普通，谁也不是超人，没办法带心爱的人逃离生活的困境。即使两个人在一起，生活的荆棘也不会就此神奇消失。更可能的是，对方不但对你的挫折无能为力，你还必须连他的那份一起坚强。甚至伤心难过的时候想得到一个简单的拥抱，都必须迁就地弯下腰。

可是没关系，只要你还在。

因为人就是从爱中获得勇气的。

所有的作都得由自己承担

我的一个女生朋友，今年冬天公布了一件喜事：交往两年的男朋友，终于向她求婚了。

朋友都很为她开心，纷纷送上祝福。有的人问她婚礼是什么时候，女孩子们更关心的是求婚方式以及钻戒大小，大约希望听到浪漫的情节，让自己也被粉红色的气氛包围。

可是她一点也不高兴，当晚在群里没好气地说，男友什么都没安排，在路边喝奶茶的时候就求婚了。整个过程结结巴巴，钻戒也不体面，一切让她非常错愕，而且不是好的那种惊讶。

“没关系，心意比较重要，你还是答应了呀！”我安慰她。

“可是这种求婚方式也太差劲了，”她愤愤不平，“一点都不用心。”

“不然你要他怎么样？再求一次吗？”我开玩笑。

“算了，”她闷闷地说，“不过我要他跪了十分钟。”

“你什么？”我大惊失色。

“我让他在街上跪了十分钟啊！”她很无辜地回答。

有上台经验的人都知道，在吸引群众注意力的状况下，台上的一分钟要尴尬起来，感觉能有十倍那么长，更别说是人来人往的大街上。逢年过节拜祖先也只是几十秒的事，我想不出有谁比长辈的地位更崇高，需要以如此大的礼数伺候。

群里有七八个老朋友，都是认识了10年以上的那种，大家听完都傻了，纷纷和她说这样不妥。

“你男友本来就是个特别老实木讷的人，你现在突然要求演一出偶像剧情节，他当然做不到啊！”有人这样分析。

“下跪求婚只是一个形式，意思到就可以了，让一个大男人在大庭广众之下没面子，这样未免太过分。”同为男性，有朋友这样批评。

“还好吧！当时很晚，街上又没有什么人。”她为自己辩解，说自己只是试炼一下对方。

可是，考验与试炼本身就很残忍，它能将原本美好的初衷，扭曲至两个人都无法直视的角度。人生很长，生活中充满大大小小的难题，实在不需非必要的考验来证明爱有多坚定。

而且，一个人是不是真的喜欢你，和跪多久有什么关系？

求婚应该是一件充满甜蜜与温馨的事，现在莫名其妙地变成了罪与罚。

天可怜见，这个男人只是想与所爱共度一生而已，谁知道有这个念头的瞬间，女朋友变成了麦加，要求他一步一跪，完成朝圣的过程。

简直比西天取经还悲壮。

如果这个女生并不想结婚，所以才会这样为难对方，那或许还有一丝丝似是而非的理由。但是我认识她很久，知道她多年来感情磕磕绊绊，很想找个人定下来，或许就是因为太渴望，导致期待值过大，才会这么极端。

这种心情虽然能理解，但喜欢一个人，最重要的，不应该是为对方着想吗？

同样的道理，我从不相信“鞠躬尽瘁，死而后已”的追求方式，要呕心沥血才能得到的感情太累了，也少了一点怜爱；而两个人要走得长远，这种体谅是很重要的。需要心疼的不只是女人，男人也该被珍惜。

真正喜欢你的人，不会为难你，不想浪费过多时间在追求的过程上以自抬身价，因为他明白，这个世界说大不大，遇到喜欢的人却也没那么容易。

阳光温暖，春风正好，谢谢你在这个时节发现了我。而我除了真诚，无以为报。

一个月之后，这两个人分手。在女方已经答应的状况下，男方反悔，据说不太体面的戒指都不要了，留给她当赔礼。女生错愕不已，追问对方为什么，这个不花巧的男人拙于言辞，最后只挤出了一句话：“我觉得我配不上你。”

她百口莫辩，回来和我哭诉，反反复复一直说着：“我不明白，我只是赌气，那时候街上根本没人看见……”

有的，那条看似空无一人的大街上，还有你和他。

那跪下的十分钟已经深深印在彼此的脑海里，成为未来生活的背景，处处提醒着对方：这是我求回来的，这是你求回来的。

感情这条路，本来就只需要两个人走，所有的作，没有谁可以替谁开解，最后都得由自己承担。

爱情亲口告诉我的事

你跋涉千里，辗转到了他的窗边。

抖落风霜满脸，装作不经意遇见。

顺便盛起颠沛流离，细心包装一意孤行。

千言万语，最后化作一句“哎呀你怎么也在这里”。

所有的奋不顾身，总得有人见证；只能是你，只要是你。

COW HEART.

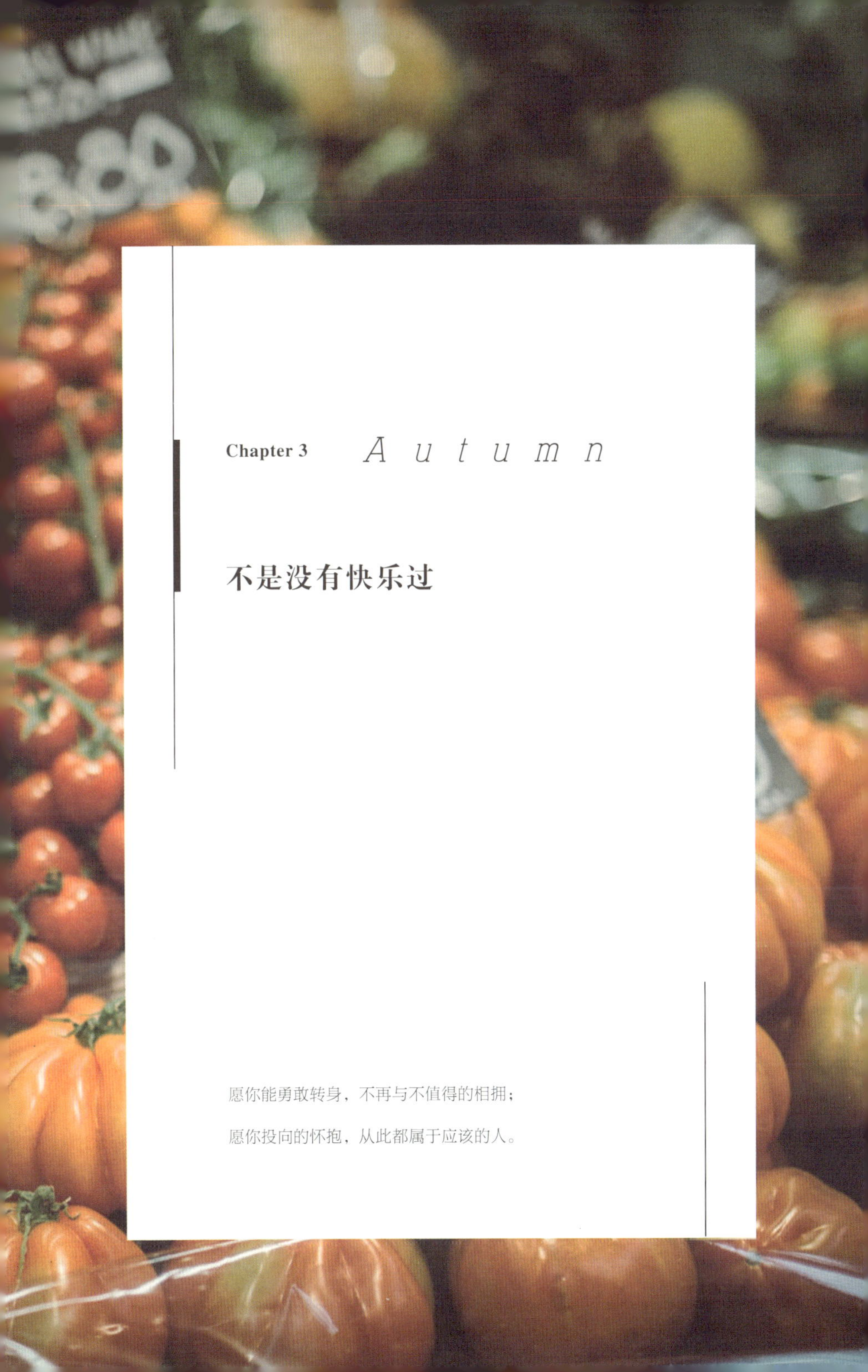

Chapter 3　*Autumn*

不是没有快乐过

愿你能勇敢转身，不再与不值得的相拥；

愿你投向的怀抱，从此都属于应该的人。

我们终于走散了

等你终于想通，打开门要和我拉着手，并肩一起探险时，却发现彼此已经走散了。

从此之后就算路上再累，谁也无法再回头；从此之后我们再也不能相视一笑，一起手牵手，走回去。

黑山是我认识的朋友中，人生反差最大的人。

因为家里环境不错，他从小读的是英国风格的私立学校，校风严谨。据黑山说，他在16岁以前从来没有穿过没有领子的衣服，T恤、背心什么的都只能当防止衬衫露点的内衣穿。鞋袜随时都要穿戴整齐，在家也要穿便鞋。除了游泳，脚趾不能露出来给别人看见。

事实上他人生的第一双夹脚拖鞋，还是在22岁的时候买的。

我们都觉得不可思议，曾问他："那篮球衣呢？打篮球的时候穿什么？西装衬衫？"

黑山摇摇头：“我们只能打高尔夫、踢足球或打马球。”

当时大家私下都说，会送孩子去这种学校读书的人，一定不是亲妈。

这当然是玩笑话，因为黑山虽然高挑，但有张孩子气的圆脸，和他妈妈长得一模一样。

黑山的童年几乎都在写作业与练钢琴中度过，毫无乐趣可言。尽管人生已经如此黑白无味，黑山最致命的还是他的高度过敏体质。

黑山有乳糖不耐症。所有奶制品都不能吃，一吃就狂拉肚子。他说小时候最羡慕同学能吃冰激凌，而他只能喝豆浆。更倒霉的是，他的身体完全不能分解酒精，每次大家出来聚会，他都只能猛灌可乐。这样也好，虽然不能和我们一起嗨，但黑山能把所有挂掉的人都扛回家。

为什么说他是人生前后反差最大的人呢？因为我认识黑山的时候，与过去20年相比，他完完全全呈现出暴走状态。

黑山的爸爸是小房地产商，两个哥哥都是建筑师，自然而然地他也要去念建筑。没想到考上建筑系后读了一年，黑山突然宣布自己对建筑没兴趣，要改去念市场营销。当时黑山的妈妈闻讯后哭着求他回心转意，足足求了一个月，但他不为所动，坚持要转系转校。

黑山毅然决然地把家当一股脑儿地搬上车，从美国东岸开到阳光明媚的西岸。点起了人生的第一根烟，蓄起了胡子，学会了德州扑克。在没有冬天的加州，他一年到头身上都是棉T破裤，从此不再穿皮鞋。

其实这也没有什么不好，黑山的过去太过压抑，现在只是活得像个正常人罢了。

黑山在大二认识了小洁，一个同年级同系的女生。虽说是同年级，但重读的黑山比她大了一岁，因此觉得什么事都要照顾她。小洁个子娇小，但身材比例很好，眼睛大大的，笑起来弯成两道桥，直达黑山的心里。她是黑山的初恋。

两个人的足迹遍布附近的风景名胜，那时他们都很爱户外活动，常常背着背包和帐篷，不花多少钱就能玩一整个周末。我半推半就地和他们去过一次，简直叫苦连天。整晚躺在凹凸不平的帐篷地上，一点声音都能让我惊醒，觉得棕熊或是灰狼要来把我吃干抹净。第二天起来我全身酸痛，心里有千百万个后悔，觉得简直是老寿星找砒霜吃，好好的假日为什么不去逛街，要来荒山野岭和自己过不去。

黑山递给我一杯咖啡，斜睨着我说："你还好吧？"

我没好气地回答："很好，好到不能再好，好到想跳河。"

黑山大笑，我很不服气地咕哝："真不明白，你们怎么能一天到晚来这种什么都没有的地方？"

黑山的表情突然从促狭变得温柔，他朝前方看去："因为我们的世界很小。"

我随着他的目光，看向林子里正在拍照的小洁。初秋的阳光从树梢细碎洒下，轻吻着她的头发，形成一轮柔美的光圈，小洁回头望向黑山，眉眼弯弯。此情此景，让我突然有点羡慕，面临毕业，前路茫茫，大家的心里多少都有点惶恐。如同在黑暗中行走，跌跌撞撞，全凭想象未来而在心底闪耀出的那一点光，才能撑得下去。但如果像小洁和黑山那样，有爱人在身边，身边有人可以有商有量，胆子也会更壮一点吧。

山风吹起湖面，飞鸟闪过天边。宇宙那么大，还有那么多不认识的人、不明白的事、没印下足迹的地方。可是没关系，我只想关起门，把那些未知挡在门外，和你形成一个小小世界。就算要开门面对未知的一切，我们也要拉着手，并肩一起探险，累了可以相视一笑，一起走回去。

很快，大家都毕业了。黑山和小洁有着规划细致的长远计划，说要一起递履历表、面试，找个小房子一起住，下班煮简单的菜一起吃。赚了钱要存二分之一当作幸福基金，5年后举行小小的婚礼。这样的未来听着感觉非常踏实美好，合理且触手可及，身为朋友我也很替他们高兴。

接下来好长一段日子，大家都忙得晕头转向。找房子、见亲友、投履历、面试……算一算我足足有半年没有见过黑山与小洁了，只听小洁说她已经在广告公司找到工作，而黑山还没有。又过了一个月，大家都安顿得差不多了，纷纷相约出来吃饭喝酒。黑山与小洁也来了，席上各人纷纷交换着自己的最新状况，八卦各自的公司内幕，只有黑山搭不上话，笑着沉默。

散席的时候我把黑山拉到一边问："你们还好吗？"

黑山点起一根烟，说："还不错。就是小洁工作很忙，常常要加班，回家都很累了，看着蛮心疼的。"

我终于忍不住，直接问了："那你有什么打算？"

听得出我是真的关心他，黑山苦笑道："面试过了几家公司，但怎么说呢，就是和我的理想不太一样。我的中文没小洁好，在找工作方面也比较吃亏。"

最后他拍拍我的肩膀，反倒像是安慰我："别担心，我有自己的计划。既然找不到理想的好工作，我还可以创业。”

还没工作经验就先创业？这对我来说，比第一份工作就谈理想更像是天方夜谭。不过既然黑山在学校的成绩不错，市场营销我又不懂。看他信心满满的样子，我也不好再说什么。也许现在的天马行空，是黑山对于条条框框的前半生一种无形的抗争。

忙起来的时候，日子过得飞快。过了几个月，我有事打电话给小洁，顺便问了一下黑山的状况，小洁沉默了几秒后说：“他决定要做生意，正在筹备阶段。现在每天朝九晚五，带着笔记本电脑出门在咖啡馆‘上班’。”

隔着电话，我也听得出小洁语气里的无奈和不认同。我有天找了个空当，弯过去小洁说的那家咖啡馆，果然看到黑山坐在那里，旁边摆着一杯不加奶的咖啡。黑山看到我很开心。坐下来聊了一下近况，他给我看了目前的计划书与工作进度，喜滋滋地要我提意见。

是这样的，当朋友拿自己的心血成果给你过目的时候，他们其实不是真的要听你诚实的建议。记得先往死里夸，再婉转地丢出几个疑问，如果朋友反应过大，你就要立马打住，拍手点头结束这个话题。

明知道这个道理的我，看到黑山的计划书，也实在无法做出违心之论。坦白说，整个计划书做得非常完整漂亮，SWOT分析也都很详尽，但牵涉的金额好像有点大，我不确定他口中所谓的金主，是不是能如此信任完全没有创业过的黑山。但这种话说出来的瞬间大概就已经友尽，于是我很尿，只敢和他绕着圈子聊近况。细问之下才知道，这份计划书已经是黑山大半年来的第三份，之前他还想过要开洗衣店，以及卖特殊口味的爆米花……

而这段时间以来，他都没有收入，每天就是带着笔记本电脑，码字、开会、数据收集都在这个袖珍的咖啡馆里进行。

说他不积极上进也不对，毕竟黑山每天都很努力。但说这种生活方式正确，好像哪里又有点不对。我想了想，发现问题在于失衡这件事。刚投入职场的小洁，压力大又受气，在战场上厮杀一天，回家看见在大后方悠闲的黑山，孤立和硌硬感便油然而生。她无法和黑山抱怨工作上遇到的事，因为他并没有共鸣。

两个人相处，平衡是关键。要不就是都忙，不然就是都闲。一个人疲于奔命，另一个优哉游哉，时间长了一定会有问题。

我记得黑山家里是做房地产的，于是问他为什么不先回家做事，起码有个收入，让小洁心里踏实一点。黑山摇摇头："你知道的，我当初转系，家里很不谅解。我想证明给他们看，我靠自己也行。"

黑山仍然天真，对梦想还有倔强的坚持。两个人之间的缝隙渐渐扩大，终于小洁先放弃了。

她打包离开的那天，黑山无法置信。这个和他在荒野中也甘之如饴的女孩，在水泥森林里居然撑不过一年就投降做了逃兵。小洁没有和他吵，前一天加班到凌晨的她已经累得不想解释，于是她走了。那些一起打造的梦想，说好要一起煮的饭，一起存的钱，全都没有机会实现。

很快，我们就听说小洁被公司器重，外派到伦敦分公司去学习两年。她走的那天，黑山没有去送行，反而提着一大瓶牛奶和三桶冰激凌来找我。他大概是我唯一用乳制品来浇愁的朋友，我很担心我家的马桶堵塞，但不敢开口。

"小洁走之前，我发过信息给她，说这只是一个过程，请她不要轻易放手。”黑山低声说，“她说放手的人并不是她。”

黑山很痛苦地问：“我不明白，明明她才是离开的人，为什么说放手的是我？”

有的时候一个人要走，不是因为心里想走，而是因为没有办法。这一年来小洁在现实中成长前行，同时还要替黑山长大。她只是一个普通女孩，一个人成熟了两人的份儿，也承担了两人的份儿才终于累了。伦敦与台北，不过就是十几个小时的航程；但在她出发之前，她与黑山之间却已经隔着几千万光年。

我们总以为两个相爱的人分手，理由一定很狗血。有的人无法和对方的朋友相处；有的人因为劈腿而反目成仇；有的人爱得死去活来，却被家人拆散；有的人与喜欢的人隔着半个地球，连早安、晚安都不在同一个频道；有的人心灵千百个愿意，身体却软弱不堪……

可是更多时候，消磨人的是生活。消磨掉一段感情的是不安，是怀疑，是夜以继日的忽略，是每个我以为你会懂而你却转头的瞬间。要拉开两个人之间的距离没那么难，“成长”两个字就够了。你还站在原地左顾右盼，她已经急急往前迈进。你告诉自己，现在漏了几拍没关系，她先走，你小跑步，奋起直追，一切都还来得及。

你走呀！只管大步往前走，但能不能慢一点，能不能带上我。

猛吃冰激凌的黑山越来越冷，于是我在夏天拿出了大衣，盖在他直发抖的肩上。

他抬起头，一边流泪一边说：“原来这么多年，我都被骗了。冰激凌这玩意儿一点也不好吃，咸的！”

过了大半年，我们这些老同学再次聚会。黑山发信息给我，说他现在工作的地方离我很近，于是我们约好到他公司碰面再一起去餐厅。我照着地址找上门，发现那是一家小小的建筑公司。

在接待处说要找他，前台小姐让我直接进去。下班时间早已过了，公司里人不多，我一眼就看到正在搬地毯样本的黑山。

他穿着衬衫，高高挽起袖子，汗流浃背地忙进忙出。旁边有一个像是主管的中年男子，神色很不耐烦地在训人。黑山唯唯诺诺，一直鞠躬道歉。我远远地停住，默默地再走出去，坐在接待处的椅子上等。

过了好一阵子，黑山才出来。我问他："刚刚那么大声的那个人是谁啊？"

他搔搔头，不好意思地笑："是我老板……你都看见了？"

我点点头，黑山陷入沉默。我们两个一起走在台北的街道，很有默契地都没有叫车。

"我爸要我回家工作，我想自己又不是建筑本科，还是先去外面从基层做起，吃点苦，有经验了再回去。"黑山终于开口。

路上车水马龙，大家都在赶路，神色匆忙。只有黑山不疾不徐，可能是因为已经错过了最重要的东西，所以他不再有急着想去的地方。

"你说，"黑山笑了，"以前的小洁和现在的我，一定就能好好的，对吧？"

晚风轻柔地吹，我无声地迈步向前。小洁请我转交给黑山的喜帖，躺在我的包包里，比想象中的更沉重。

山风吹起湖面，飞鸟闪过天边。宇宙那么大，还有那么多我不认识的人、不明白的事、没印上足迹的地方。可是从前的你只想关起门，把我与那些未知挡在门外。

等你终于想通，打开门要和我拉着手，并肩一起探险时，却发现彼此已经走散了。

从此之后就算路上再累，谁也无法再回头；从此之后我们再也不能相视一笑，一起手牵手，走回去。

不是没有快乐过

当有人对你说“真可惜啊”的时候，你能记得过去的闪亮，笑着回答：“我不是没有快乐过。”

智浩和Nana都是我的朋友。

认识他们是因为，我们碰巧去了同一个朋友的生日派对。那天我本来没打算待太久；这种人叠人的夜店场合大家都知道，全台北同圈子、不同圈子的人挤在一起，谁都别想和谁讲超过三句有意义的话。你努力在过去10年避开前任的辉煌成就都会在这种晚上破功，两个人大眼对着小眼，整个晚上忍辱负重还无处可躲。

我第二天还要早起，出门前就打算只待个半小时，和寿星打过招呼就立刻闪人。

没想到的是，那天谁都没能提早回家。

事情是这样子的，我到的时候还算早，人也还不多。把礼物拿给寿星之后，她拉着我介绍了Nana。还记得Nana转过头来，我眼睛一亮。她和亚洲流行的白皙骨感美女不同，有着一身蜜色的皮肤，身材凹凸有致，眼睛又圆又大，唇小而微肿，最适合擦浅色唇膏。我这个人一向有个喜欢美女的大弱点，反正半小时内走不了，于是坐在她身边开始天南地北地瞎聊。喜欢她不难，Nana为人和外形一样热情，笑起来大方地头往后仰，露出漂亮洁白的牙齿，很有感染力。

聊了没多久，我说要走了，她却不让我离开。此时刚好有个男生走过来，她赶忙拉住他："浩！给你介绍我新认识的好朋友，Crystal！"

这个男生蛮高的，我稍微抬头，看到他的脸，记得那时候愣了一下，心想："这两个人也太般配了吧！"

说般配倒不是因为外表。其实智浩的五官和Nana不大相同：Nana的眼睛大，眼角微微上扬；智浩却是单眼皮，有着挺直的鼻子与长窄脸。我说的相似指的是气质：他们两个人都高挑热情，爱笑，拥有一身的太阳棕皮肤，据他们说是刚从巴厘岛晒回来的。即使在昏暗的灯光下，这两个人站在一起都那么闪耀，真是一幅好风景，让人心旷神怡。

我心想差不多可以离开了，谁知道被另一个朋友拉住说了几句，再转过头，Nana和智浩居然吵了起来。

争吵的起因好像是智浩和一个女生多说了几句，Nana不高兴，智浩语气也差。喝了酒的两个人不顾场合地大吵，不知道是谁失手摔了杯子，玻璃碴儿刺到了不相干的人。受伤的女生大哭，而这个女生的男友坚持报警，保安只好把这一团乱的人通通请出去。我本来就想离开，顺势跟着人流往外走。在门口我看着内疚又生气的Nana，和怒气冲天谁都不理的智浩，只好叹一口气，陪着他们去警察局再去医院。那天我到家的时候，是凌晨四点四十五分，离我起来开工的时间只有两小时。

后来我才知道，这对情侣这样的吵法，大家早已司空见惯，不是一次两次了。

智浩和Nana在一起很多年，三天一小吵五天一大吵，吵起架来惊天动地，摔东西什么的根本是小事情。两个人太像了，脾气都大又冲动，争执起来谁也不让谁。

情侣之间吵架有个准则，就是要越快解决越好。不然无论一开始因为什么而吵，争论到后来都变成情绪性地钻牛角尖，陷入无止境的鬼打墙。

例如，Nana会大叫："不要告诉我你没办法就是要去，你真的爱我就有办法不去！"

然后智浩会怒吼："那你呢？你真的爱我就会尊重我的意愿，体谅我是真的没办法不去！"

其实这话说得没错，许多事发生的根本原因的确是爱得不够。可是每个细节都要牵扯到爱的多少，这就很累了。

至于我为何巨细靡遗地知道他们的对白，是因为住在一起的这两个人一吵架，就开始收拾东西出走。像一场比赛，收得快的那个就能拔得头筹夺门而出，把还没来得及收拾愤怒的人和更无法厘清的残局甩在后面，帅气地在这场战役中取得了小小的领先。Nana通常会来我家，有时候哭有时候不哭。她抵达后我就开始计时，因为智浩大概在半个小时内就会赶来敲门。两个人在我家继续吵，把倒霉又尴尬的我夹在中间，不知道该劝和还是劝分。好在他们通常会痛哭和好，可是当两人恩爱如初地相偕离去之后，又困又累的我，大概是这场战役里唯一输的人。

我很不服气，常常抱怨，请这对贤伉俪放过在下。大家共同朋友那么多，应该公平对待，下次拍八点档连续剧请换个场景，这种偏心我无福消受。Nana总是不好意思地笑，搂着我道歉，说下次不会了。

这种话当然听听就好，但我为什么老是要做这种吃力不讨好的事呢?

因为智浩和Nana好起来的时候，真的是非常好，好到身边的人先是羡慕，后来会翻白眼以示抗议，要他们停止虐待单身狗的那种好。我那阵子感情不太顺利，或许是有点移情作用，特别希望别人能幸福，让我相信世界上还是有真正快乐的情侣。

他们去哪里都是手牵手，吃饭只用另一只手夹菜。我和几个朋友曾和他们一起去旅行，回来后发誓再也没有第二次。因为这两个人光是看着对方就能心满意足，有时候甚至转开头偷笑，让朋友们怀疑自己当初订机票的时候是不是神经错乱，跟错了蜜月团。这两个人的笑点还完全一样，说话常常不需要说完，因为讲到一半对方已经完全明白。

有次大家去了一间新餐厅吃饭，菜单只有套餐，前菜、汤品、主菜、甜点、饮料都有好几种可以选。智浩让Nana先点，然后偷偷拿起叉子，在每一种品项下的某道料理点了一下。像心电感应一样，他选的料理，就是几秒后Nana会选的，一样不差。记得上色拉的时候，坐在我旁边的Nana看着自己选的菜犹豫了两秒，身边的智浩立刻把自己的色拉换给她，两个人一个对视也没有，一句话都不需要说。

我在旁边看傻了："你怎么知道她不喜欢要换？"

两个人都在笑，没有回答我。

Nana不善厨艺，因为讲究身材吃得很清淡。她的拿手菜却很奇怪，只有一道，就是台式古早味炸排骨。后来才知道，智浩很喜欢小时候家附近的炸排骨，粉裹得稍微厚一些，金黄酥脆那种。后来大家讲究低热量与健康，那种炸排骨渐渐式微，再也看不到了。Nana虽然从来没吃过，却借由智浩的记忆和描述，在失败大概一百次之后，成功复制他梦想中的排骨饭。据说智浩吃进第一口的时候，居然哭了。

两个人相安无事的时候，朋友们也会打趣他们说，别再吵了，耍花枪也需要对手，你们两个就是飓风也吹不散的一对，千万别分手去祸害别人。智浩总是挠着头笑笑，Nana会给他一个白眼，然后他会搭住她的肩，两人笑得很灿烂，阴天里都显得闪闪发光。

可是不知道为什么，吵吵闹闹、分分合合的这一对，突然说不好就不好了。

那天智浩打电话给我，问我有没有见到Nana。我吓了一跳，反问他怎么了。我这个人比较被动，也很能独处，平常没事不特别找朋友。最近都没看到Nana，状态也没有更新，我理所当然地以为她都很好。是这样的，不开心的人往往才频繁更新状态；心里没什么话想说的人，挤破头也写不了几个字，除非发自拍。

"我们吵了一架，Nana不见了。"智浩低声说。

"不见了？你什么意思？"我着急地反问。

"她收拾东西，走了，"智浩说，"最近我们吵得特别凶，两个人都很累。每次吵架都像死过一次，这样下去不是办法。她后来都已经不说话了，只是一直哭。”

我不知道该说什么，只好沉默以对。

智浩叹了一口气：“如果她和你联络，请告诉她我不会搬，她想回来的话，随时都可以。”

就这样，他把电话挂了，没有像以前一样气急败坏，直接冲来我家找她。后来听朋友说，Nana趁智浩上班的时候，把她在家中的物品整个清空，一件不留。电话也关机，公司说她已辞职，所有社交平台都停止更新。直到几天后才发了一张风景照片，只知道她在一个看得到海的地方，但是谁都说不清背景是哪里。

我简直不相信这是我认识的Nana，那个和男朋友吵架出走，几件衣服折了又叠，叠了又折，一个小包包拖拖拉拉能收拾两小时的女人。那个舍不得对方到处找，冲出家门后只会往我这儿跑的女人。那个老是说：“我给你三分钟，你现在开始挽留我！”然后三个小时后还离不开房间的女人。

真的会消失的人，大概从来不是撂狠话的那些。总是大声嚷嚷着要走的，只是想给你机会拉住她。真正想走的人，往往离开得措手不及、无影无踪，连一句再见也没有。

后来回想，那些不堪的吵闹，大概正是他们俩最相爱的时候。我想智浩也明白，但是也很疲惫的他只想喘口气。等到发现真的要失去了，挽留已经来不及。

半年后，Nana回来了。她和我联络，约在一家餐厅见面。

我准时到了，当初心里一堆问题都已经不重要。我只想看看她，确认她现在到底过得好不好，顺便骂她两句，怎么能一离开就这么久。

没想到的是，她已经有了新的对象。

那男生我不认识，是她去找住在美国的姐姐，顺便游学的时候认识的。照片上看来，那个人白白净净，长相端正。合照中的Nana靠在他身边，蛮幸福的样子。怎么说呢，现在这两个人，也不是不登对，但我心里想着的全是她和智浩在一起的时候神采飞扬的笑脸。

智浩托我转达的话，看来是没有必要说了。我想来想去，不知道为什么鼻子酸酸的，开口的居然是："以后你还做炸排骨吗？"

Nana愣了一下，笑着回答："炸的还是少吃吧！对身体不好。"

刹那间我有点明白。可不是吗？那些最美味的食物，对身体而言大部分都是负担。就像所有忘不了的人、放不下的事，常常最让我们痛。人总要长大，要对自己的身体和人生负责。没有人再有那种精力和余裕，把感情当作人生中最重要的任务。生活是很琐碎与漫长的，需要两个人背靠背，认真而心无旁骛地披荆斩棘。不能相处就是不能相处，再爱也只能放下往别的方向走。

我终于还是哭了，不知道是为了智浩，为了Nana，还是为了我们终究都要面对的现实，无法再奢侈地挥霍感情度日。

"可是……你们以前那么好，太可惜了。"

Nana递给我一张餐巾纸，轻轻地安慰我，又像是说给自己听：

"哎哎哎，你别哭啊……"她微笑，"那个时候的我，又不是没有快乐过。"

嗯，在这个以结果来判定价值的主流社会，大家往往用分手来评论一段感情成功与否，愿你能勇敢地背道而驰，不把结果看作一切。

值不值得是很主观的，没有必要被别人的价值观影响。愿你终有一天能理直气壮地回忆过去，而不是带着怨怼。爱过的人如果不是太渣，就不要把失望加之于上，狠狠地挞伐他。

“智浩知道你这样想，也会好过的吧！”我最后说。

“他知道的，”Nana温柔地回答，“所以他没有再找我。”

愿你明白留在虹膜上的残影也是一种美。这样，当有人对你说“真可惜啊”的时候，你能记得过去的闪亮，笑着回答：

“我不是没有快乐过。”

说再见的哲学

人的一生中，总有些非做不可的事。

有的人梦想要去非洲看动物大迁徙，有的人发誓吃尽天下米其林餐厅，有的人心心念念着征服各种高山大海，有的人追求蹦极、跳伞的刺激。

英文叫作the bucket list，直译是“踢罐子清单”，因为过世的另一种说法是踢罐子（kick the bucket），所以回姥姥家之前要做的事，就是这份人生清单。

我的高中同学莉亚是个冒险家，她秉持着“姐不是在旅行，就是在往旅行的路上”这样的精神，有时候呼朋引伴，有时候也会独自上路。她是我认识最坚持执行清单的人，不到30岁，她的护照已经盖满了各国的出入境章，每一页都色彩斑斓，像一幅抽象画。

去年冬天，她的目标是去北极追极光。虽然没看过，但我知道极光这件事要碰运气，和许多大自然现象一样。云层多就看不见，天气不好也可能向隅，总而言之，是一件充满天意与禅机的任务，与其说看极光，还不如说拼人品。

莉亚大概受到神的高度肯定，在抵达的第一天傍晚就实现了梦想，接下来的三天她都睡得很好，还充分享受了跨越雪地的长征旅行，轻松惬意。虽然她高度怀疑拉着她雪橇的四只阿拉斯加犬神经不太正常：前面两只一直坚持往左跑，右后方的那只执意往右奔，剩下左后方的狗比较好相处，对方向没意见，只是很喜欢原地弹跳，导致莉亚的雪橇从头到尾都呈S形轨迹踉跄前进。

这问题也不大，因为大部分的时候她都跌在地上，只能跟在16只毛爪的后面追。

阿拉斯加这种狗果然是雪橇三傻之首。

她回来之后，我们几个高中同学聚会，我听了她征服北极的故事，十分心疼我几个养阿拉斯加狗的朋友。看着莉亚的照片，我发现她身边有个六十几岁的阿姨，在一群年轻人中有点突兀。

“这是我在当地认识的忘年之交，她是一个人来北极的。”莉亚这么说。

“一个人？”我有点惊讶。

“嗯，她最近和先生离婚，开始到处旅行，”莉亚又给我看了几张照片，“他们结婚40年，先生遇见了初恋，回来拜托她成全。”

“然后她就这样答应了？”我瞠目结舌。

“她说她本来的意思是能不能给他自由，但不要正式离婚，毕竟大家年纪都这么大了，”莉亚回答我，“可是后来他的一句话，让她下定决心签字。”

那句话一定非常具有杀伤力。

“他说，过去的40年里，他没有一天不想着初恋情人。”

果然，连我这局外人听了心都一阵发酸。

宝玲的第一次恋爱很早，对方是同高中的学长，比她大4岁。他是她爸妈朋友的儿子，两家人关系很好，看对方儿女都很满意。后来男生上了同城的大学，这个阶段仍然很稳定，直到他去美国深造，两个人才变成异地。

虽然相隔遥远，但彼此已经有了七八年的感情，宝玲一年去探望男友两次，对他的朋友同学也有相当的认识。她充满着信心，打算大学毕业之后申请同一所学校。大学4年，她很努力读书，最后果然被男友的学校录取。对方也很开心，在自己住的那栋大楼替宝玲找了一个单位，两个人还一起去看过结婚戒指。

那个夏天是宝玲最开心的日子；她忙碌地搬家，与朋友亲人告别。等待多年的未来那么灿烂，是努力许久才换到的，她当之无愧。

4个月后的冬天，宝玲哭着打电话给我，说男友原来在当地早有另一个女朋友，是他的同班同学，她之前还见过好几次，大家一起吃过饭。

坐在刚签了两年租约的公寓里，宝玲被还没完全整理好的纸箱包围；身处于一个亲友都没有的城市，在无数陌生人之中，她唯一熟悉的面孔显得最遥远。

算一算，那是他们在一起的第9年。

说再见难，是因为我们都想做好人，更因为有时候我们知道自己理亏。

于是拖延，于是隐瞒，甚至希望有天对方会受不了而主动离开。

人生很短暂，永不褪色的爱情已经很不容易，爱情消逝后勉强任何人留下来都是难如登天。

人性很自私，我们明知道对不起别人，却又无可厚非地告诉自己，我只能活一次。

追求真爱对于有些人来说，或许就像一定要实现的人生目标，这件列表上的事非做不可，谁都拉不住。

这也无可厚非，但如果真的如此，在不得不辜负的时候请顾及道义。

不要对同甘共苦几十年的伴侣说没有爱过，不要让对方连根拔起，追随到十万八千里之外，才发现你早已和别人开始新生命。

开始很简单，告别才困难。

诚实地看着他的眼睛，告诉对方事实，分手已经很令人痛苦，别再以谎言或冷暴力践踏任何人的自尊。

对于真心对待过自己的人，要给予对方敬意。

说再见的哲学，在于做坏人的勇气，感情若已辜负对方，起码可以在品德上展现最后一点善良。

不能陪你走到最后，真的很对不起；但不堪的只是我，爱情还是很美，请你一定要相信。

爱情亲口告诉我的事

迟与早，我们都会被放下与遗忘，也会放下与遗忘对方。

所以就继续往前吧！

累了慢慢走，喘过气了再狂奔。

该如何痊愈，为什么喜欢，我们从来就无能为力。

即使不知道什么时候，你的喜欢变成他的折磨；即使他所谓的拖累，不过是你的跋山涉水。

流星恋人

尽管努力陪在对方身边，碰触不到的恋人依旧像是夜空中的流星。它在闪烁里代表美好的未来，你许下愿望，庆幸有过遇见的机会。

我们都不知道未来什么时候会来，可在愿望实现之前，孤单和寂寞都在真实地累积。

缘分是一件很奇妙的事，它是少数英文中没有完美对应的词之一。

以前做同声传译的时候，研究所的教授给了我们几个中文字，要我们给出最好的英译词。首先给的是幸福，我们本能想到的当然是“happiness”，教授笑了笑说：“有点不一样。”

happiness是快乐，这个词常与幸福连在一起，但似乎不完全相等。幸福应该是更深一点的东西。

well being也不太对，那比较像“福祉”，也是幸福的一部分，但不能完美诠释。如果童话故事最后把“从此过着幸福快乐的生活（live happily ever after）”换成这个字，我会觉得灰姑娘不是要嫁给王子，而是马上要登基，为全国人民努力之类。

“Getting what you want?”我试探性地回答，大家不都说求仁得仁是幸福吗？

“那是心想事成吧！”未来的口译届帅哥杨保罗很认真地思索，他的中文比我强很多，成语、俚语出口成章。

“那么缘分呢？”教授又笑着考大家，“怎么翻译？”

我们绝对不会回答fate，那是命运，教授既然会问，答案一定没那么简单。

“serendipity。”Jen眼中充满星星，好浪漫的用字，我们笑她是不是玛丽苏小说看太多了。

“接近，但还是有差别，”教授点点头，“你说的比较像是好运气，对不对？”

大家一阵苦思，最后望向美国人Eric，英文是他的母语，他想不出来我们也没戏了。

“probability。”他赌气回答，男人果然相信科学，全班笑成一团。

“你们看，越常见的字，有的时候越难翻。”教授感叹。

越简单的事，有时候也越难得到。一刹那我仿佛了解了什么，口译课的气氛通常兵荒马乱，那个下午却突然感性了起来。

大宝与我虽然个性毫不相似，但我们是多年的好朋友。他胆大皮厚，老像个长不大的孩子，对什么事都无所谓，常被我念却总是嬉皮笑脸。

我们所见略同的，大概只有不相信异地恋这件事。

我不相信的原因很直白，以前曾在西岸苦苦守着东岸的男朋友，最后惨遭劈腿，从此留下阴影。

大宝的理由比我的更简单："想摸的是女朋友，却只能看苍井空，太苦了我不干。"

他说到做到，身边女孩子换来换去，全部都是同城。不堵的时候离他超过两小时车程的女生，大宝都拒绝认识，以免有任何后续，自己与对方都麻烦。这个逻辑多年来坚若磐石，直到他遇见陶琳。

那一天我清楚记得，Jason的女朋友带着陶琳出现，正在谈笑风生的大宝一见就呆了。她长得很清秀，有一种悠然的气质，后来我们才知道她是学音乐的。身为大宝的朋友多年，我知道陶琳就是他的菜。

那天他当仁不让，一屁股坐在女神的旁边，添水布菜献殷勤，大家看他企图如此明显，也乐观其成。我顺口问陶琳住在哪里，之前怎么没看过她，本来也只是找个话题，没想到她笑笑回答："我一直住在英国。"

大家唰一声停筷，我手上的杯子举在空中，陶琳愣了一下，不知道自己说错了什么。

我们不约而同地转头看向她身边的大宝，他脸上的表情好像以为自己中了乐透头奖，最后发现看错一个号码般那么惨痛。

"英国……"Jason这个衰人笑得幸灾乐祸，"很远吧？"

大头一本正经地立刻拿出手机百度："直线距离是12304.76公里。"

陶琳一头雾水，怕她尴尬，我很快转移话题。散场的时候，大宝的脸上带着下定决心的坚毅，拿出手机和陶琳交换了联系方式。

那天之后没多久，陶琳就回英国去了，大宝与她开始通信，保持着遥远的朋友关系。两个人什么都能聊，喜欢的不喜欢的都很接近，后来还发现彼此在国内的家还离得不太远。大宝告诉我，那天吃饭陶琳本来是另外有约的，朋友临时取消了，她巧遇Jason的女友才被拖着来。

“这就是缘分啊！”我很为他高兴。

大宝摇头苦笑：“你知道英国的时间比我们晚8小时吗？”

“女孩子都需要呵护，真的在一起了，我要补足的岂止是这8小时的时差。”

同样身为异地恋悲观者，我只能点点头表示理解。清晨与深夜，迎接与离别，下一次相见尚遥不可及，这一刻孤单却如此清晰。

没有信心去开始，原地踏步其实更聪明。

大宝与陶琳做了接近大半年的朋友，我看得出他越来越喜欢她，只是一直在抵抗。

那年冬天，我们几个朋友一起去帛琉。大家登上了船，开到了帛琉唯一开放的水母湖。那座湖在山谷之中，要爬过一段山路才能抵达，里面的水母是无毒的，据说很多年前来自大海，后来因为地形变动，从此被困在山里，形成独特的现象。

出来旅行的水母，不知道是忘了回去，还是故意走丢，等到发现的时候，已经离海岸线很远很远了。

我们一大早起来，嘻嘻哈哈地去看迷路的水母，到了湖边立刻鸦雀无声。只见翠绿色的湖水里，漂浮着淡橘色的半透明生物。它们大大小小，舞动着短短的触须，从湖的四面八方往水面上升起，徐徐转动，像无数悠然自得，独立的星球。

当地人很惊讶地说，今天水母的数量超乎寻常地多，我们运气非常好。

大头得意扬扬：“是人品。”

Jason不以为然：“是概率。”

我们很快下水，迫不及待和水母共游，忙着自拍与合照。大家遵照规定，动作非常轻柔，踢动蛙鞋的速度都竭尽所能地缓慢。过了差不多两小时，我们陆续上岸，在木制平台上晒太阳，一边讨论晚上要吃什么。

这时候，Jason突然眯着眼睛看向远方：“陶琳！”

其他人笑成一团，这阵子Jason就没有轻易放过大宝，老是在不经意的时候喊这个名字开他玩笑。

“你换一招好不好？”大宝老神在在，根本不上当。

“Shit！”大头随即站起来，看着同样方向，“真的是她！”

“连你都来？”大宝摇摇头，“拜托，这里是帛琉！”

发现我们一片沉默，大宝转过来，看到我脸上不可置信的表情，于是狐疑地跟着大家的视线，往刚刚走过的山路方向看。

从树林间隐约可见一群人，虽然距离还远，但其中穿着橘红色救生衣的，不是陶琳是谁？

大宝待在原地，如遇雷击。

我们几个站在码头上，表情也好不到哪里去，几乎像大白天见鬼。

终于我喃喃开口：“是缘分。”

Jason点头同意，拍拍大宝的肩：“需要认识苍老师的时候，告诉我。”

大宝有没有向Jason借片子我不知道，但从此之后，他每时每刻手机不离身。

自从那天巧遇和家人去帛琉旅行的陶琳，大宝放弃抵抗，认为那是缘分的最高展现方式。他开始了以前打死不愿意尝试的异地恋，早晚查询英国的天气与新闻，在醒来时说好梦，在睡前说早安。

大宝一改过去吊儿郎当的态度，去哪里都卫星定位与拍照报备。我们很快习惯见到大宝的时候，从小小的手机屏幕里与陶琳挥手打招呼。充电宝变成他绝不可缺少的配件，出门也习惯性坐在靠近插座的位置。他还特别留意抢购廉价机票，逢年过节我们再也见不到大宝的身影。

即使如此，分隔两地的感情还是不容易维系。

有一次，陶琳在结冰的路上滑了一跤崴了脚，梨花带雨地与男朋友哭诉，心疼的大宝也只能叮嘱她多热敷。有时候工作难免受气，身为男人，大宝不善于倾吐抱怨，电话那边心急的陶琳也只能轻轻说，你知道我总是在。

然而最令人无奈的，不是偶然发生的意外，而是琐碎明确的生活。

尽管努力陪在对方身边，碰触不到的恋人依旧像是夜空中的流星。它在闪烁里代表美好的未来，你许下愿望，庆幸有过遇见的机会。

我们都不知道未来什么时候会来，可在愿望实现之前，孤单和寂寞都在真实地累积。

终于在一次争吵之后，陶琳哭着说她撑不下去了，她想有人陪在身边，就算不说话也可以的那种。她希望能靠着对方的肩，感受到彼此的温度。她的手很酸，不想再握着电话打字，以前看着屏幕里的大宝，都恨不得能钻进去和他见面，现在大宝打来，她倦得连通话键都不想点开。

电话那头的他没说什么，只是嗯了一声。我们都刚好在大宝身边，手上拎着水桶与抹布。那天台风来袭，他家的落地窗被吹坏，肆虐的风雨卷进客厅，水淹得到处都是。

挂了电话后的大宝，手杵着拖把站在窗边，精疲力竭，身后一片狼藉。

下半夜的风雨小了很多，不过天上依旧漆黑，一颗星星都看不见。

一直觉得所谓在一起，就是要真的在一起。要能面对面相视一笑，下了班钻进喜爱的小馆子，天冷了煮一锅汤分着喝，手牵手共同看一场电影。季节在一样的时间转换，没有误差，你的夏末与我的初秋相似，清楚分明。

大宝曾与我说过，有年冬天他依依不舍地离开陶琳，从伦敦飞回来。一路上心情沉重没怎么睡，他呆呆地看着窗外，心里都是入关前陶琳流着泪的脸。班机起飞的时候是黄昏，飞行的十几个小时里，大半段的时间窗户外都是黑的，好像再也不会亮起来。

分手之后过了一年多，我们听Jason说陶琳搬回来了，照说家里住得不远的大宝与陶琳，总会有再见面的机会，但无论是街角、巷口、路边，都再也没有遇过彼此。

“你说好不好笑，在帛琉都能碰到她，现在这几条街却像个迷宫，怎么走都是失踪。”

“怎么会这样呢？”大宝问我。

我想了想对他说：“因为没有缘分。”

这简单的两个字可以是开始，也可以是结束。它让相隔万里的人，因为一湖迷路的水母而见面，也让近在咫尺的人，挂上电话，转过身，甚至闭上眼，就是告别。

有些人划过你的天空，像流星一般短暂而璀璨。

或许他是你的生命里日不落的诗篇，可对他而言，你已成为寂寂消逝的永夜。

只是不甘心

每个人都是另一个人的傻子。可道理我们明明都懂，却还是前仆后继，奋不顾身。

我一直以为不甘心的是你，其实是我自己。

我刚认识一良的时候，就知道他有个很漂亮的女朋友。

那个女孩子据说瘦瘦高高，手长脚长，脸小眼睛大。她比一良小8岁，还在大学读最后一年，课余兼职做模特儿。为什么是据说呢？因为我们这些朋友认识一良快3年，都没有人看过他女朋友的真人，只见过照片。一良把她收得很紧，不轻易带出来，原因是“人家小女孩很单纯，怕你们把她教坏了”。

这个理由当然被我们这些大女人强力吐槽，我不怀好意地拍拍一良的肩膀：“现在被姐姐们教坏，总比以后被别的男人教坏好。”大家哄堂大笑，纷纷举杯点赞，一良很气，要我去死。

玩笑归玩笑，一良对这个小女友是认真的。两个人在一起3年，他对她如父亲待女儿般宠溺，生活琐事都照顾得无微不至。一良的计划是，等女友大学毕业就结婚，要不要工作随便她，先过几年甜蜜的二人世界，准备好再生孩子。

一切都很美好，直到那天一良打电话给我，问我能不能过去一下。

我第一次踏进一良和他女友同住的家，小小的，布置得很温馨。一面白墙上，重重叠叠地贴满了两个人的合影，有旅行的、生活的、自拍的……一良帮女友拍照驾轻就熟，拍照者和被拍者之间默契十足。我特别喜欢那些黑白的，有几张已经是业余参赛等级了。

我没看到一良的人，于是出声喊他。从一个小房间里传出沙哑的声音："在这里。"

走进去一看，一良一个人坐在地上，身边是一个塞满烟蒂的烟灰缸，还有一个打开的文件盒。

"哇！你干吗？抽那么多烟，嫌命太长？"我挥挥烟雾弥漫的空气，往后退了一步。

一良抬头看我，一句话也不说。我方才惊觉他的双眼布满红丝，脸颊凹陷，于是急忙蹲下来："你怎么了？"

他困难地开口，我才知道这阵子女友和他总是争吵。主要是因为女生嫌他管得太紧，一良却觉得自己阅历比女友多，出发点都是为了她好。前几天女友给他说要去南部出差，一良总觉得她是和身边走得很近的一个男生去旅行了。

我这才发现坐在地板上的一良，手上握着一本护照。

"她是昨天回来的，"一良低声说，"我一整晚都睡不着。那个男生前几天在香港，所以我趁她不在，翻出她的护照……”

顿时我明白了，着急地问：“那你还等什么？快打开来看啊！”

一良沉默了一阵，手抖得比声音还要厉害：“我……我不知道该不该……”

“这还有什么该不该的？！”我傻眼，“你不看，我来看！”

我伸手要把护照抢过来，一良挣扎着不肯给，两个人的手一阵乱挥，把整缸的烟蒂都打翻了。

一良哭了：“万一她真的去了呢？我装不知道，她还有路可以回来……要是看了，我们两个人都回不去了……”

跌坐在地的我，不再坚持发掘真相，因为我从来不知道一个人能爱得那么多。那本小小的册子，此刻无比沉重——被一良紧紧握着，仿佛是他最后一根救命稻草，但其实它更像一个人的南墙，不撞心不死。

每个人都是另一个人的傻子。可道理我们明明都懂，却还是前仆后继，奋不顾身。

而爱得连争吵的勇气都没有的你，怎么会快乐。

一良跪在地上，发出的悲痛声音，变形得像是受伤的动物。身边弥漫的烟雾，都是眼泪的味道。

后来两个人就分手了，女孩搬出那个温馨的小家，投入另一个男生的怀抱，一良继续在灰烬中生活。那阵子他过得很苦涩，下了班就开始喝酒，第二天再撑着去工作。我们有个女生朋友叫作小昭，住得离他很近，于是理所当然地被我们赋予敦亲睦邻的任务。其实说穿了，就是时不时派她去看看一良喝死了没有。

再过了一个多月，一良终于能出现和大家见面。人是瘦了很多，不过精神还可以。那天晚上小昭也在，我们才知道这阵子一良还能过下去，她功不可没。是她每天带着晚餐去一良家投食，为他收拾酒瓶烟蒂，洗衣打扫。是她陪一良到深夜，听他低声啜泣，有时整晚沉默。不认识一良前女友的小昭，已经变成一本活着的一良恋爱史，对于他与前女友的所有交往细节，未来的计划，堪称巨细靡遗。她会了解而体谅地适时拍拍一良的肩膀，告诉他一切都会好的，现在这些都只是过程。

连续一个多月听着同一个人吐苦水，简直不可思议。我转头问小昭："你是坏事做多了要消业障吗？"

小昭不好意思地笑笑："我反正下班没事，自己一个人也要吃饭，顺便而已。"

我从她温柔看着一良的眼睛里，得到了她心里真正的答案。

大部分的人平常再怎么大方，面对爱情，总有个底线在。要是喜欢的人每天都在自己面前为别的女孩哭得撕心裂肺，任谁都会翻脸的吧！所以小昭的情操我实在无法体会，只能把她当作和我这凡夫俗子完全不同，是神一般的存在。

下次再听到小昭和一良的消息，他们已经在一起了。据说决定点是一个早上，前一晚一良又喝得大醉，小昭如常细心照顾他，等他睡着才离开。第二天，一良看着床头倒好的水杯发了一阵子呆。走出卧室，他发现贴满照片的白墙整个被清空了，他与前女友的照片厚厚一叠，整齐地放在旁边的茶几上。

一良家里曾经的那面照片墙上，如今只留下深深浅浅的痕迹，贴过照片的地方，还有胶没有清干净。这样一片斑驳的墙面，正中央贴着一张卡片，上面是小昭的笔迹：

“有时候，我们自认为爱得死去活来，其实只是不甘心。无法接受付出了那么多，却被对方先放手；因为没有得到，所以一直不能忘掉。

“我会帮你记得的，所以放心把她忘了吧！来爱我，好吗？”

一良在这个温柔的女人面前，彻底弃甲投降。他把这段话更新在状态里，象征一种决心。小昭此举感动了所有的朋友，都和一良说要好好珍惜她。一良真的从此再也没有提过前任。小昭后来搬进那个家，改变了一些布置，那面照片墙被重新粉刷过，现在正中央挂着一幅画。

两人相安无事过了几年，身边有对象的朋友渐渐迈入人生的另一个阶段，而稳定交往的一良与小昭处变不惊，丝毫不受影响。小昭已经三十，她爸妈很心急，但是一良始终没有什么表示。我问过他问题在哪里，一良抓抓头，怎么也说不上来。

“你该不会还爱着前女友吧？”我不可置信地问，“这样对小昭太不公平了。”

“不不不，我只是觉得还没准备好。”一良连忙否认，“我爱过她，但那已经过去了。我现在爱的是小昭，两个人不一样，不能比较。”

说不能比较，其实都是骗人的，不过是不忍心伤害爱得少的那一个。其实爱可以放在天平上称，只是测量的标准每个人不同罢了。谁让你心如刀割，谁让你开怀大笑，别人或许不懂你心里的那把尺，而理智也会告诉你，对象不同，不能这样区分。

可是其中的差别，灵魂会知道。

所以一良兴冲冲地与小他8岁的前任计划结婚，现在面对适龄的小昭却觉得还少了点什么。他能记得有关前女友的一切细节，却总是记不住小昭一早就排好的休假。环顾他们家，空空落落的，总觉得少了些热情投入的生活痕迹。一良的相机显然已经尘封多时，再也没有拿起它为谁拍照。

其中的道理连我都能明白，我想聪明如小昭一定也知道。女人啊，往往只是因为爱才变成傻子，不是真的智商低。

就在一良第三次拒绝和小昭父母见面之后，小昭和一良分手了。

搬走前，小昭和一良说："我以为我帮你记得过去，你就可以解脱。没想到最后我们都被捆绑，谁都没有自由。"

一良没有挽留她，只是沉默地抽烟。两个人本来计划要去印度旅行，他在小昭离开后的一个月，收拾行李，独自上路。

到德里的时候，一良还传讯息给我："我觉得我做得没错，她要的我现在给不了，把她留在身边也是耽误她。"

我有点为小昭不值，但这种事又不能勉强，于是只回了五个字："你高兴就好。"

狠狠刷了几天的印度风景，恒河、阿格拉红堡、风之宫殿……到了泰姬玛哈陵的那天，一良打电话给我，小声地问："……为什么我在这里？"

"啥？"我被他没头没脑的这句话问得一头雾水，"这……说要去印度旅行的不是你吗？难不成你本来想去印度尼西亚？"

"我的意思是，"电话另一头的阿良开始哽咽，"印度是小昭想来的，她一直说泰姬玛哈陵是为爱而生的建筑，每个人一生都要看一次。站在这里的应该是她。我怎么一个人就来了？"

我没好气地回答："问天问地还不如问你自己啊！"

一良沉默了几秒，挂断电话。不久后他传来了五个字："我马上回来。"

有的人的感情像骄阳，极端暴烈，爱上了就像死过一次。有的人的感情像春风，徐徐地吹，舒服得可以眯着眼盹着。常温的世界才是生存的必需，可惜被记住的，往往是我们晒得痛不欲生的那天。

记得不等于值得，不甘心不过是一种和自己较劲的情绪。笑容多过眼泪，才是对的人。

有时候我们要花点时间去体会，有时候我们直到失去才明白。更有时候我们后悔的那一刻，人已经漂流到世界的另一端。

刚下机的一良，立刻冲去小昭的公司。一看到小昭走进大厅的身影，一良马上大喊："小昭！"

原本和同事谈笑的小昭顿时停住，慢慢地转过来，脸上充满着不可置信："你怎么在这里？"

一良握紧拳头，眼睛发红："我现在才知道，没有你，我哪里也不想去。"

小昭显得有点不知所措，身边的同事识相地慢慢退开。过了很久，她温柔地开口："你记不记得，我写过的那段话？"一良点点头。

"这段时间我想了很多，老实说，一开始我很苦涩，对你这么好，可是在你心里我却总是比不上她。于是在一起的时候，我加倍体贴宽容，没想到这样更错，因为我付出得越多，心里越觉得不公平。"

小昭流下眼泪："后来我才明白，根本没有什么不求回报的感情。我一直以为不甘心的是你，其实是我自己。"

有好几分钟，两个人面对面，什么话都不说。直到小昭身边一位男同事默默走上前，伸手搭住小昭的肩。

一良愣住了，脸上充满惨痛和不可置信。然后他困难地深呼吸，终于挺起胸，深深地向小昭鞠了一个躬。

他的动作缓慢而凄美，像是谢谢她过去的照顾，也像是承诺给她未来的自由，然而更像是对现在的她说再见。

一良转身，大步往外走，步伐快得谁都跟不上。

小昭站在原地，全身颤抖，双手掩住了脸。没有人听见破碎的声音，但整个世界都知道，她已经摔成一千片。

有时候，我们自认为爱得死去活来，其实只是不甘心。无法接受付出了那么多，却被对方先放手；因为没有得到，所以一直不能忘掉。

每个人都是另一个人的傻子。可道理我们明明都懂，却还是前仆后继，奋不顾身。

我一直以为不甘心的是你，其实是我自己。

爱情亲口告诉我的事

所谓失恋的感觉大概就是，你很确定心脏的位置有一个洞，低头看却什么都没有。

时间不会因为这个隐形的伤口而停止，所以你必须如常生活，若无其事。

不过没关系，大家都是这样过来的；走着走着，痛就忘了。

Shot by Denis O'Regan
1981

Tickets

心死的瞬间

安徒生童话里，我最不喜欢的就是美人鱼的故事。

故事相信大家都知道。人鱼公主是海神波塞冬最小的女儿，她爱上了和自己不同世界里的人类王子，甘愿拿美妙的声音去换一双腿，好让自己能和喜欢的人站在同一个地平线上。可惜因为没办法说话，王子并不认得她，依旧娶了邻国的公主。

人鱼公主的姐姐们因为深爱痴心的妹妹，割下了长发向女巫换来了匕首，要她在婚礼当天的晚上，将匕首刺进王子的心脏，并把鲜血涂在双脚上，这样就能回到大海生活，不会在日出时死去。但人鱼公主下不了手，最后她终于投入海里，在朝阳中化成泡沫。

小时候读这个故事，非常感动于这个悲伤的结局，觉得人鱼公主牺牲自己成全别人，真是世界上最伟大的爱情。

长大后，吃过了亏的自己再看到这个故事就有气。对对对，人鱼公主善良忍让大度，简直就是活圣母。你不会说话所以王子认不出来，可你为什么不写字？为什么不让姐姐们代你转达？

付出了那么多，可是又轻易放手，最后还甘心化成泡沫，你是不是世界上最蠢的傻瓜？

而安徒生到底是什么样的神人，能把这样不健康的观念编进给小孩看的童话里面。不过这样的女主角大概也只能活在虚构故事中，现实生活里不会争的人要怎么生存。

没想到后来，在成年人的世界里，真让我遇到了美人鱼的故事。

我的工作有一部分是节目主持。节目的内容是美妆与时尚，来宾除了保养达人与老师，几乎都是女生。

有次的主题是改善肌肤状况。按照脚本，来宾们会陆续分享自己曾有过的问题和解决方法，美妆老师们会依照每个人的具体情况给出建议。

这是一个非常制式化的排程，直到一位女艺人说出了她的经验。

这位我应该称作姐姐的女星，是以好身材与武打底子出名的。她皮肤很白，有一头长发与漂亮的大眼睛。多年前她在拍一出古装戏，当地的朋友介绍她认识一个男生。他对她一见钟情，苦苦追求，日夜探班，随传随到，还费尽心思打听她的喜好。拍戏的地方是个偏僻的城市，但对方总能变出她爱吃的东西，还能送上大束鲜花。

她一向不是容易被追到的人，个性保守单纯，交往过的对象也不多。但最后终于被男方的诚意感动，于是两个人正式在一起。

然而蜜月期没多久，男友开始变得很忙。常常一个电话告诉她要去谈公事，要她默默等候别找他，然后就无声无息，她一等就是一整天。后来对方更直接人间蒸发，她打电话过去往往马上被按掉，怎么找人都找不到。

她张皇失措，不明白自己做错了什么，事情为什么会变成这样。

失恋最可怕的，不是适应，不是习惯，而是自我怀疑的过程。你本来是好好的一个人，自信自爱，走路有风，直到一个原本与你无关的人出现。交心的那一刻，就赋予对方伤害自己的力量。他随时可以让你觉得患得患失，多疑猜忌，无关紧要。

你越重视他，自尊就越渺小，像一只卷成一颗球就零死角的犰狳，原本能高枕无忧，现在却功力全失，露出柔软的肚皮，全身都是要害。

你只能默默祈祷对方不要真的抡起刀，划破你的皮肤，掏出心脏，得意扬扬地把它当作战利品。但是愿望毕竟只是愿望，落空的那一刻，你也只能下坠。

过了几周不能成眠的日子，他才托朋友转告要分手，原因是“你太好，我怕耽误你”。

我和这位姐姐不熟，不知道她真的有多好，但我知道当男人这样说的时候，他一定真的会浪费你的时间。

不容易接受感情的她，几经犹豫才鼓起勇气跨出这一步，现在被莫名其妙地分手，一时无法接受。

与其怪对方，不如说她狠狠责备自己，恨自己为什么这么蠢，上了这种当，守了那么久的心就这样交出去，一点都没有怀疑。她白天硬撑着拍戏，晚上一边在小房间里哭得张皇失措，一边兵荒马乱地捡起破碎的自尊。可惜得到与失去的过程都太快，瞬间就把她的信心化为齑粉。

心理与生理都失调的状况下，她的脸上很快就爆满又大又肿的痘痘。妆越化越厚，人越来越瘦，直到脸上的凹凸再也盖不住，根本无法上镜。

剧组里有个前辈，看她一个烂脸的小姑娘太可怜，于是介绍她到北京某小巷子里的店家，说有偏方能治她的皮肤。

也好，失恋没有特效药，但起码身体有得医。这样还能看起来完整，然后继续抱着破碎的心做人。

于是她和助理一起按着地址，在人生地不熟的巷弄里，摸索着找到了那间中药铺。说明了来意，忐忑地等了半天，店家终于煎好药捧上来。

她探头一看，三魂吓掉了七魄，几乎当场夺门而出。因为碗里除了深咖啡色的药汤，还端端正正躺着两只完整的蝎子。

人鱼公主的姐姐们因为深爱痴心的妹妹，割下了长发和女巫换来了匕首。

店家解释她的内分泌失调，体内许多毒素无法排出，因此反应在皮肤上，必须以毒攻毒。而且这个药必须拿整只蝎子做引子，磨碎了还不行，要带头连尾，全部吃下。

婚礼当天的晚上，你只要将匕首刺进王子的心脏，并把鲜血涂在双脚，这样就能回到大海生活，不会在日出时死去。

她眼泪汪汪地看着那只碗，只会猛摇头，无论如何不敢尝试。

一旁的助理急了，大声问她："你想不想好？"

但人鱼公主下不了手，她看着沉睡中的王子那张沉浸在新婚幸福中的脸，流下了眼泪。

她鼻子一酸，心一横，夹起毒蝎就往嘴里送，眼泪随着委屈，一颗颗扑通掉进药汤里。

公主最后终于投入海里，在朝阳中化成泡沫。

那是她心死的瞬间。

那天在摄影棚，故事听到这里，一瞬间某种东西闪了一下：原来如此。

原来人鱼公主不是不知道怎么争，她只是不想。她所有的勇气，都在拿声音与女巫换双腿的那一刻用光了。

故事里面说，从来没有走过路的人鱼公主，从沙滩上颤巍巍地站起来，摇摇晃晃，每一步都像是踏在玻璃碎片上那么辛苦。她被王子发现，接到皇宫中居住，也得到王子的欢心，但他终究没有选择她。

那么，谁是谁的救命恩人还重要吗？有些事争也没有用，挖出谁的心来祭都于事无补。

有时候不是想放弃，是不得不放弃。

人鱼公主一定是明白了这个道理，才会在日出时放弃一切。因为她知道，自己已经没有选择。

那一刻，就是她心死的瞬间。

爱上一个人，就是一种交换，拿时间去换，拿心意去换，拿诚意去换。你双手奉上最珍贵的感情，希望对方也会如此。

可是总有一些任性的人，往往以为看不到的伤口没什么大不了。于是随意把别人的心拿走，揉一揉丢在一边，没想过会对那颗心的主人造成什么规模的伤害。

他们不知道伤口有多大，有多深，要多久才会好。

是不是都要痛到得把蝎子放进嘴里才能痊愈。

爱情亲口告诉我的事

你问，无法忘记他怎么办？

不用忘记啊！人生本来就有很多回忆，不必勉强自己当没发生过。但如果有天选择和另一个人走下去，就要负起责任。没得到的，因为充满未知，没有机会衰败，往往显得梦幻而美好，但你要明白，留在你身边，陪你挨过那些不梦幻不美好的人，才最珍贵。

Chapter 4 *W i n t e r*

走下去就对了

人生不是等值交换，很多时候付出也是枉然。可是你还是要挥汗往前。要迎头奔向风雨，要大步越过水洼，要一脚踏上石阶，要狠狠踩着泥沙。不要怕，因为不绕弯不迷路，不跌倒不脱队，就一定不会得到。

阳光

谁都有不得不放手的时候，都曾为了留不住的哭过。

心爱的人离开虽然令我们痛不欲生，但我相信物质不灭，能量守恒。

我有一个兄弟叫作大宝，是那种不搞暧昧，没交往过，无肢体碰触，真的如手足一样的好朋友。他能随时向我借钱，什么借据都不用写。而我只要一句话，无论在哪个角落，他都会飞奔而来。

我们最大的共同点就是逞强。除非必要，否则不喜欢开口麻烦别人，而不到痛不欲生，总是笑笑地说过得还可以。

这样的大宝，有天打了一个电话给我。电话接通了，他却什么也不说，沉默良久才开口："你能不能答应我一件事？"

虽然不知道发生了什么，但我知道一定很重要，于是声音也严肃起来："好，我答应你。"

“我等会儿发给你一个网址，”大宝一个字一个字，艰难地说着，“请用你的文字，给我朋友一点力量。”

“就这样？”我呆了一下，本来还以为是什么上刀山下油锅之类的要求，“你朋友怎么了？”

“你看了就知道。”大宝哽咽，挂了电话。

大宝和我都是不轻易示弱的人，我从来没有看过他哭，甚至连接近哭的边缘的时刻都不曾有。我心想，他拜托我这么简单的小事，一定要办到。我放下手边的事等着他的讯息，握紧手机，如临大敌。很快传来叮的一声，我点开他发给我的网址，刷了几分钟，才发现大宝给我的，是多么艰难的任务。

我的脑袋一片空白，眼眶泛红，想不出任何句子来安慰这个素昧平生的朋友。我不仅无法以文字给他力量，在点开网页之后，连我自己都只能倒在沙发上，全身的力气都像被抽干，一动也动不了。

以下的故事，属于莫可与他的阳光。

大宝与阳光是高中同学，他们那群朋友都是从小一起长大的，有男有女，感情非常好。阳光其实是绰号，她的英文名字叫Sunny，大家一直这样叫她。后来上了大学，Sunny认识了莫可，交往之后把他也拉进这个朋友圈里。莫可昵称她为阳光，大家一开始觉得非常肉麻，常跟在他后面促狭地喊，没想到叫着叫着竟成了习惯。阳光有一张甜蜜的小圆脸，这两个字的确也和她明媚的笑容很相衬。

大学毕业后没几年，阳光与莫可就准备结婚。莫可相貌端正，有一对浓密的眉毛。人虽然有点木讷，话不多，却是个认真守信诺的好男人。双方家长对于彼此都很满意，买了一栋小小的房子给他们成家。两个人都是独生子女，商量着婚后趁年轻要赶快生孩子，让两对家长都能开心。

如此简单温馨的愿望，却没有立刻实现。

婚后过了半年，阳光的肚子都没有动静。虽然莫可老是安慰她，要她别瞎担心，一年以上未怀孕才算初期不孕症。但她有点急，拖着莫可去医院做了检查。报告出来的那天，阳光不敢置信——她的子宫内膜异位造成输卵管异常，如果不接受治疗，怀孕概率非常低。

那天阳光在家里，等着莫可下班回家。她没有开灯，一进门的莫可看到妻子一个人呆坐在窗边，身边一片漆黑，着实吓了一跳。他连忙问阳光怎么了，换来的是她的放声大哭。

阳光扑进莫可的怀里，什么都还来不及解释，只是一直流泪重复着："对不起……对不起……"

在莫可的坚持之下，两个人决定不告诉双方父母，偷偷地接受治疗。为了让子宫内膜生长，她吃的药会造成假怀孕的迹象。阳光受了很多苦，不但要承受身体上的种种不适，同时也为了掩人耳目，只能强打精神，正常上班。亲友在场的时候，她往往要忍住症状强颜欢笑。阳光的身体本来就不好，现在更是越来越瘦弱。

不忍心看她受折磨的莫可，总是会在阳光不舒服的时候握紧她的手。有次半夜她吐得天翻地覆，后来只能呕出绿色的胆汁。守在一旁的莫可终于忍不住，抱着她流泪道："别治了，没关系，我们就一辈子两个人过。我有你就好了，我只要你健健康康的……"

阳光虚弱地抬起头，振作地笑着，抬起手擦去莫可的眼泪："没事，你不要担心。这都只是过程，我要生一个小莫可给你。"

平时温柔的阳光，在这件事上展现了不可撼动的决心。她拒绝在为母的道路上被判死刑，用尽一切意志力去捍卫自己的权利。虽然孱弱，但她的眼睛发着光。莫可拿阳光没办法，只能默默支持她。

大半年之后，阳光成功怀孕了。

她欣喜若狂，莫可如释重负。忍过了三个月，他们将好消息告知众亲友。兴奋的阳光忙着与姐妹们分享喜讯，回应长辈们的关心，而莫可在一旁总是默默地，用宠爱的眼神看着她。

接下来的日子，阳光遵行医生的嘱咐，小心翼翼地守护着这个来之不易的胎儿。一开始她非常紧张，半夜有一点不舒服都会醒来。她不愿吵醒莫可，总是静静地坐在窗边的摇椅上，有一下没一下地摇。阳光一边摸着微微隆起的肚子，一边与孩子说话："宝贝乖，和妈妈合作一点。妈妈好努力好努力才能遇见你，我们一起加油，很快就能见面了，好吗？"

或许宝宝有感应，仿佛也是说给自己听，她的不适真的就能渐渐缓和。天色往往在她轻柔的喃喃自语中亮起，从房间里找过来的莫可，看到的是沐浴在晨曦里的阳光，回眸对他微笑。

一年前曾坐在同样的地方，在黑暗中独自哭泣的女人，现在不再是一个人了。那笑容衬着背后的闪闪金光，是莫可见过的最美的画面。

随着怀孕的状况渐渐稳定，阳光的心情越来越轻松。她兴致勃勃地布置着婴儿房，采买着各式各样的用品。五个月的时候，有天莫可下班回来，却不见阳光像往常一般出来迎接。他喊着阳光的名字也没有人应，正在开始着急的时候，莫可走过储藏室，阳光从门后蹑手蹑脚地走出来，遮住他的眼睛。

莫可笑了，握住她的手："这么有兴致，和我玩捉迷藏啊！"

他转身看见满面笑容的阳光，和平常有点不一样："怎么了？什么事这么开心？”

“今天我去做超声波了，”阳光调皮地问，“想不想知道性别？”

“原来是这件事，”莫可耸耸肩，“我说过了，性别无所谓，是男是女我都喜欢。”

“真的？”阳光眯着眼睛，歪着头看他，“不口是心非？你不是说最羡慕人家有个小女儿，能和爸爸撒娇，最好在家里长到30岁才能交男朋友？”

“那是怕你有生儿子的压力，”莫可摸摸她的头发，“何况有个和她妈妈一样漂亮的小阳光，带出去多有面子，有什么不好？”

阳光有点紧张：“你真的喜欢女儿？”

“儿子女儿都好，只要是我们的孩子。”莫可看着露出忐忑表情的她，“怎么了？”

阳光低下头，“因为……”她偷偷瞄了莫可一眼，“医生说宝宝是男的。”

莫可听了一阵狂喜，一把抱起阳光：“以后有人陪我打篮球了！！！”

“还说不是口是心非！”阳光笑骂，“不是男女都好吗？”

“是都好啊！”莫可理直气壮地回答，“要是女儿，我也一样这么高兴的。好吧！可能更高兴一点点……”

“喂！别说这种话啦！”阳光很认真地说，双手捂住肚子，“宝宝会听见的！”

于是两个人都笑了。阳光投入莫可的怀抱，无限幸福：“我一直听你妈妈说你小时候多可爱，只恨我们太晚遇见。现在终于实现愿望了，希望宝宝长得像爸爸，让我能看看你小时候的样子。”

虽然孩子还没出生，阳光与莫可已经很自然地当作家庭生活中有三个人存在。他们计划得很远，未来太美太好，一切显得理所当然。

就在阳光怀孕约八个月的时候，她感冒了。

大家都知道，孕妇是没办法吃任何药的。怀孕期的不适，都要靠免疫力撑过去。一开始，阳光对一点咳嗽发烧不以为意，莫可也觉得很正常。但很快情况恶化，到了第三天，阳光开始上吐下泻，经过医生诊断，可能是感染了滤过性病毒。在医生的坚持下，阳光暂时住院观察。

第四天，她的热度高升，躺在病床上的阳光出汗如浆，脸色苍白得像纸一样。医生告诉莫可，这次的病毒很猛烈，阳光的身体一向不好，再这样下去，胎儿有可能不保。

双方家长都来了，阳光的妈妈守在病床旁边，她爸爸和莫可的爸妈面色沉重，听着医生一字一句吐出他们最害怕听到的话。

“现在最好的办法，就是手术。”医生很严肃地说，“让八个多月的胎儿先出来，才能给产妇治疗。”

“但是这个手术是有风险的，”医生看着莫可，“我们不确定你太太能不能承受，如果情况紧急，你要决定是保大人还是保孩子。”

莫可傻了，他一把抓住医生的袖子：“怎么会这样？小小的感冒，怎么就到这种地步了？”

“不是说一定会，”医生拍拍他的手，“我们必须预测各种可能，并让家属知道。”

医生看了旁边莫可的爸妈一眼，很体谅地说：“你们想一想，等等再告诉我。”

莫可松手，脑袋一片混乱。他不明白前几天还好好的阳光，现在怎么就面对了这么大的生死关头。一瞬间，他能想到的都是两个人过去的片段。初次在教室里见到她的惊艳，后来怎么被她的精灵古怪征服。阳光有着化腐朽为神奇的魔力，能把最平常不过的小事，变成一个个难忘的瞬间。再难过再沮丧的日子，只要能看到她的笑脸，自己就能获得力量，觉得一切都不是太差。

阳光人如其名，照亮了他的生命。

完全不需要细想，也不必和任何人商量。莫可喊住正要转身的医生："保大人！请你一定要保住她！"

"你确定？"医生推推眼镜，"你太太怀孕不容易，这个胎儿很有可能是你们唯一的孩子。"

莫可哭了："但她是我的一切，这件事我现在就能肯定！"

儿子，对不起。爸爸不是不爱你，只是如果你没了妈妈，也会有很多人爱你，陪你长大。可是如果我没有了这个女人，我不知道自己会变成什么样……

进手术室之前，莫可握着阳光的手，安慰着惊慌不安的她："没事的，宝宝太想和我们见面了。等医生把他带到这个世界上，就能好好为你治疗。我们会一起回家，一定会……"

躺在雪白的枕头上，虚弱的阳光，脸显得好小好小，像个孩子一般。她抬起手触碰莫可的脸："真的？你没骗我？"

莫可强笑："我什么时候骗过你？"

"那你为什么哭？"然后阳光也哭了。

那是莫可最后一次与阳光说话。

三天后，一身黑衣的莫可抱着一个白色的坛子回家，上面刻着云的花纹。

孩子在手术前没多久就失去心跳了，拿出来的时候早已死亡。手术后的阳光本来还算稳定，但刚刚清醒的她得知宝宝的死讯，一时间无法承受。她的眼角流下眼泪，随即失去意识。经过抢救无效，最后死于败血症。

莫可的世界，从此与阳光告别。

他不再开灯，不吃不睡，日夜满屋游走。莫可并不喝酒，于是也没有任何东西能麻醉他，稍微减轻他的伤痛。家人和朋友们配了十几把钥匙，24小时都有人陪在他身边。莫可的家变成所有朋友的落脚地，谁在那里做什么都可以，只要能看住他。

虽然不说，但是每个人都心知肚明；大家怕莫可过不了这一关，怕他会死。

有天早上，大宝开启莫可的家门，却到处找不到人。打电话也没用，莫可的手机早就没再充电，想说话的对象已经不在，他已不再需要和谁联络。大宝慌了，联络了好几个朋友，大家飞奔而来，满屋乱找。

最后在主卧室的衣柜角落里找到了莫可。他侧躺，高大的身躯蜷缩得很小，是那种研究发现人类觉得最安全的胎儿睡姿。发现莫可的那一刻，大宝脑中浮现自己在庞贝城看过的遗体化石。那些知道大难即将临头的人，死前都是这种姿势。

现在的莫可，也像面对一场无力抵抗的灾难。和那些庞贝人一样，他不知道为什么老天要在一夜之间夺走他的全部。他无法力挽狂澜，只能抱住头承受。

大宝轻轻摇醒莫可：“兄弟，你怎么在这儿睡着了？”

大宝勉强笑着说："喂！梦游也不是这样的啊！"

莫可睁开的眼睛都是红血丝，他一句话都不说，只是静静地维持着同样的姿势。大家陪着他，很有耐心的沉默。

过了很久，莫可嘶哑的声音终于开口："昨天晚上我想，说不定这一切只是一个噩梦。阳光那么调皮，老爱和我在家里玩捉迷藏，说不定我找到她，梦就会醒来了……"

"我找到这里，衣柜里还有她的味道，觉得她一定在，"莫可号啕，"但还是没有……她真的走了吗？不会再回来了吗？阳光你出来，你们躲在哪里？我找不到，这个游戏我不想玩了啊……"

身边的朋友终于忍不住，一个个相拥痛哭。大宝在泪眼中看见，莫可手上紧紧握住靠在脸旁的是阳光最喜欢的一件衣服。

这是2010年的事。当时大宝要求我加入阳光的纪念粉丝页，希望我能写些什么鼓励莫可，但我写不出来。我没想到自己本来以为轻而易举的事，却成为我最难帮的忙之一。

我很想打给大宝，说你还是向我借钱吧！但想了一个下午，我终究还是打开了那个网页，写下了这段话。

"有的时候，上天给我们巨大得无法想象的苦痛，不是因为我们可以承受。我想这种残酷，或许是因为要传递一个信息：这个世界上，什么事情都是一体两面的。有善就有恶，有爱就有恨，有光明就有黑暗。借着灾难，我们体会惧怕，与珍惜当下的重要。

"心爱的人离开虽然令我们痛不欲生，但我相信物质不灭，能量守恒。

"暴风雨总会过去，有一天阳光会再回来。"

为了写这个故事，我在2015年才又点进了这个网，从最后一页刷到第一页。

在这5年间，亲友们都没有忘记阳光。版面上充满着大家思念的留言，三不五时就有朋友上来和她聊一聊。而莫可更是没有间断，隔几天就上来和他们母子说话。

“今天是中秋节，你们在天上有月饼吃吗？我买了你最喜欢吃的冰皮月饼，但是一口都吃不下。记不记得以前的你爱吃又总是怕胖，现在变成天使了，爱吃多少就能吃多少了吧……”

“过年了，我去探望爸爸妈妈。他们都很好，就是爸爸有点老了，我看到他的白头发越来越多，很心疼。以后我会连你的份儿一起孝顺他们，放心。但你要托梦给爸爸，叮咛他记得吃我买的维生素，我看他绝对会忘记的。”

“老婆情人节快乐！今天我买花给你了，走了好多花店才买到你喜欢的牡丹。现在物价真是太贵，尤其是玫瑰花，涨得好可怕。你在天上一定也看得到吧！不过别担心，老公我很努力工作，我永远都是你的英雄。”

而越接近阳光离开的日子，留言就越悲伤。

“阳光，你已经离开这个世界70天了。大家都要我振作，鼓励我去哪里走走。可是我哪里都不想去，就算要去也要带着你。我不敢相信你现在就在这个小罐子里，我好想也变得小小的，和你一起在那里面待着，永远都不出来。我好恨自己这么没用，连你和宝宝都保护不了……”

我关上了网页，不忍心再看下去。

决定要写这个故事的时候，我请大宝安排，让我和莫可见一面。我希望能亲自得到他的同意，毕竟这是个沉重的故事。见到莫可，我有一种很特别的亲切感，或许是因为我在5年前就已经参与了他部分的人生；在遥远的屏幕另一边，一个陌生人断断续续见证了他最私人和最黑暗的那段日子。

莫可的外表与过去的照片没有太大变化，坐下来寒暄一阵之后，我忐忑地提出了想写下这个故事的要求。

当时的我向他道歉："真的很对不起。提起了他们，又让你难过一次。"

莫可笑笑，点起一支烟："没关系，我还没谢谢你的文字。其实提不提都无所谓，因为我没有一天忘记过。"

莫可语气中的理所当然，让我感到有点鼻子发酸。他看着窗外的行人，很平和地说："如果连我都忘记了，他们会很寂寞的吧！"

"你把这个故事写出来也好，让更多人知道，她曾经来到这个世界上过。"

"这是你想要我向大家表达的吗？"我问他。

莫可沉默几秒，回答："不。我想表达的是，失去他们之后，我曾无数次觉得我撑不过去了。我恨过怨过，也放弃过，觉得自己失去了最宝贵的东西，这个世界再也没有什么值得留恋的了。

"但是后来我想，阳光一定不想看到我这样。可惜你没来得及认识她，她是个非常美好的人，什么事都尽全力。明知道自己身体不好，她还是想生一个我们的孩子，最后连命都赔上去了，真是一个小傻瓜……"

莫可笑着擦去眼角的闪烁："我曾经这样被她爱过，绝对不能让她失望。我努力生活，就是希望有一天再见到阳光，她才能以我为傲。"

秋天的午后，吹起清爽的风。我们坐在靠窗的位子上，路上熙熙攘攘的行人像潮水，从这一头涌到那一头。

谁都有不得不放手的时候，都曾为了留不住的哭过。

心爱的人离开虽然令我们痛不欲生，但我相信物质不灭，能量守恒。

暴风雨总会过去，而阳光一定会再回来。

补记：我所有的故事名字都已更换，只有这个故事保留了阳光的真名。写给这位没来得及见面的天使，纪念她曾降临这个世界。

To Sunny Chou,with love.

走下去就对了

一直以来，我收到很多粉丝的私信，当然敲门纯打招呼表示支持的欢乐讯息很多，然而更大比例的是求助和诉苦。有感情失意的，人际关系遇到问题的，但最多的还是对未来的不确定的。数不清读过多少彷徨的讯息，不约而同地描述现在的生活多么不愉快，生活充满绝望，往往是自己得到的太少，而更悲惨的是，其他人还拥有得太多。

我像个树洞，不断接收这些忧郁的声音，却无法一一响应。每次这种时候，我就会想起曾经遇过的一些人。

我认识一个小女生，姑且叫她小鱼好了。小鱼说小也不是很小，年纪有二十出头，但小我一截就是了（至于小多少就不用深究……）。她毕业于台湾一所很知名的设计学校，那所学校的服装设计专业很有名，许多留学深造并得奖的台湾新锐设计师都是她的校友。我认识她的时候，她刚从巴黎回台湾探望家人。

身为一个年轻的服装设计师，毕业后能被家里送去法国，并在知名品牌的公司找到工作，是多么令人羡慕的事。小鱼是一个非常有才华的女生，神给她的才能在纸张与布料间绽放，不需要很有经验的人都能看得出来。聊了一阵，我发现她很单纯，热爱设计，但对于其他的事情就有点傻乎乎的。介绍我们认识的朋友笑说，小鱼的爸爸妈妈很疼她，把她保护得很好，她就是个艺术家。这和我对她的初步印象也很符合。

小鱼在台湾没待多久，就又回巴黎去了。半年后我刚好要去巴黎，理所当然地我们就约好见面。记得当时是秋天的下午，我们坐在路边的咖啡座等她另一位画家朋友。我一边喝咖啡看风景，一边对她说，太羡慕她的生活了。小鱼沉默了几秒，苦笑着告诉我事情的真相。

小鱼小时候家里条件的确不错，但大学毕业后，爸爸经商失败。一开始爸妈不想让她知道，希望她还能快快乐乐地工作与生活。可是家道中落的速度太快，没多久家里就无法贴补她在欧洲的开销。房子都被卖了还债，她妈妈还逞强说只是因为嫌打扫太麻烦。小鱼想多寄点钱回家，但是欧洲的消费水平太高，无论她怎么省都没有太多钱剩下。她爸爸就安慰她说没关系，反正家里缺的是大钱，她那点小数目自己留着就好。

小鱼也想过要换一份更高薪的工作，但是外国人在欧洲工作需要公司出面申请签证，现在许多公司雇人都是以约聘的方式，不愿意花钱帮外籍员工申请长期签证。于是她在合约与合约之间，往往胆战心惊，怕自己不被续约。没有工作，唯一能合法留在法国的方式就只有学生签证。可是申请学生签证需要足够的学分，而学分就意味着要花钱，报了课又不能不去上。

我看过小鱼在巴黎的家，只有两块空间。浴室大概就像飞机上的洗手间那么大，一个非常小的马桶，还要在这个仅够转身的局促地方里洗澡、上厕所。另一个房间兼顾客厅、厨房和卧室，角落一个小炉子用来煮饭。小鱼和她的室友，就在这个简陋的离家几万里的地方追求梦想。三餐都要自己煮，一年难得去一次餐厅。

我问小鱼，这么苦，为什么不干脆回去算了，她说她也想过放弃，但爸爸妈妈不肯。他们知道她还没有达到自己的目标，说他们还不是太老，还能撑，要她别担心。

“所以啊，”小鱼笑笑，“我在巴黎都很少睡觉。总是想多学习、多吸收，舍不得闭上眼睛。”

当然比起小鱼，世界上一定有生活更困难的人。我想到她，不是因为她最辛苦，而是因为她过着的正是一般人觉得非常光鲜亮丽的生活，而事实并非如此。人往往只懂得羡慕别人，却不知道对方付出了什么代价。

我出道前念的是口译研究所。大学念的是语言学，辅修中文。考进去之前也觉得自己中英文程度不错，记得当时我爸还和我说：“你中英文都会读会讲会写，口译有什么难的！”（老爸你真是图样图森破啊！）

记得开学没多久我就吓呆了，我的同学们何止是会听会讲会写，有几个听到英文能不慌不忙翻译出中文成语来。上课随时要带着录音笔，在口译间里的练习都要反复地听，所有的句子、词汇、语气助词……甚至连吞口水的声音都被放大在全班面前被检视。除了翻译要准确，语气也很重要。心里再慌再紧张，都必须要求声音听起来不疾不徐，如同行云流水。那是我最痛苦的两年，每天都一直被打击，觉得自己蠢笨无比。常常上完6小时的课，再加上和同学练习结束，晚上疲惫不堪地提着笔记本电脑和书包挤74路公交车回家，看着站牌一个个掠过，眼泪就一直流个不停。

研一读完要通过考试才能升研二，有同学没考过，研二就再也没见到他们了。能考进来的都是外文科系的佼佼者，但往往在课堂上被教授批评“你应该回去读××美语”。我也曾被老师建议还不如去当模特儿，我永远记得当时脸颊总是热辣辣的，感觉好像被人呼了一巴掌。但没有人抱怨，因为我们在实习的时候听了教授的翻译，就要很努力才能忍住不再加呼自己两巴掌。我曾经很想放弃，偷偷去一个游戏公司应聘笔译员的工作。应聘上了，但是因为公司离得太远，终究还是没去。

修完了学分，开始进市场做口译。一开始根本接不到案子，我要到字幕翻译的公司接节目来做，30分钟长的节目要做很久，因为字幕每一行的字数都有限制，特殊名词还要做成表格注明出处，酬劳很低，常常做到头昏眼花、腰酸背痛。慢慢有了自己的口译客户，一年多之后才上轨道。后来有次在一个和媒体有关的国际研讨会上，被现在的老板看见。据说他来参加会议，觉得我的口条不错，重点是很努力，休息时间也不吃饭，拼命做笔记。我当然不是他见过最好的口译员，但他觉得认真这点蛮难得，于是来和我递名片，我是这样出道的。

我常想，如果自己在某个困难的点放弃了，大概就不会有现在的际遇。不会遇到很多美好的人，也不会发生很多奇妙的事。

人生这种事，往往和计划的不一样。但是不一样也没关系，因为很少人一开始就笔直往前，知道自己真正适合的是什么。大部分人都是边走边学，慢慢修正路线的。当时一起读研究所的同学，后来有的去当主播，有的好不容易毕业了却去教瑜伽，也没有人就过不下去了。只要你的心态能一直保持热情，生命自然会有它的安排。

你只要选一个自己看起来喜欢的方向，走下去就对了。

时光机

小时候看哆啦A梦，最喜欢的就是五花八门的道具，最不喜欢的就是哭哭啼啼的大雄。

后者的原因就不用提了。我从小就是个不太示弱的孩子，跌倒了也能自己爬起来去擦药，对于那些动不动就哭诉的人嗤之以鼻。小时候谁不喜欢闪亮亮的学霸王聪明（后来我才知道他叫出木杉英才），或是温柔体贴的处女座静香，以至于对于她后来嫁给大雄这件事我一直想不明白。

不过要不是大雄这么需要帮助，哆啦A梦和它的道具大概也没有存在的价值。

考试的前几天，都会忍不住想要是有记忆吐司多好。塞车的时候，恨不得立刻有个竹蜻蜓。吃下翻译米糕就能和任何国家的人聊天。我还很喜欢一只母鸡，用喙敲一下想要的东西，就能生出蛋，里面是小一号的复制品。

不过所有的道具，都比不上那扇任意门。

长大之后，我曾针对这件事详细评估过，最后忍痛而慎重地决定，如果只能挑一样道具，绝对要选择任意门。不只是因为我已受够了长途飞机，最重要的是，我还能成为全世界唯一的一人交通与运输公司。去任何地方都可以瞬间抵达，没有行李限制，省时省力。针对钻石客群，费用就和头等舱一样，保证客如云来，而且工作内容非常简单，只有开门与关门。

真是太精明了，想想都会笑出声。

这个想法已经持续不变很多年，没想到有一天我会改变主意。

遇见你的时候，我们的少年和青春期都已经过去了。

你不再是初出校园的大男生，对这个世界已经有了基本的历练。你能明白脸色的重要，掌握说话的时机，举止进退合宜。

第一次约会的时候，你懂得带女生去能看到夜景的餐厅。她看着自己身上的牛仔裤和球鞋，拉了拉你的衣角，神色尴尬地说，下次来这种地方要先让她知道。

你笑了，称赞她穿什么都很好看，用不着担心。你会点适合的酒佐餐，在气氛有些冷落的时候丢出几个笑话缓和尴尬。

你的头发长度恰到好处，没有染没有烫，看起来整齐精神。你的鞋子总是刷得很干净，浅色的衬衫有太阳晒过的香气。你有运动的习惯，说每周起码要跑步三次才会有好身材。

爱是深深的喜欢，而喜欢是好感的累积。但这些让人好感的细节，都不是生下来就内建的配备。

一定要踩过无数地雷，才会知道哪间餐厅会让女生眼睛里有星星。尝试了令人发噱的造型，才明白照着电视上的男偶像穿衣服是个大惨剧。说不定你曾经被女孩子抱怨个性太闷，从此看电视的时候特别留心，记住了那些热门的段子。

吃过亏、丢过脸、伤过心的人，才能有现在的体贴耀眼与真诚。

我希望能有一台时光机，用我珍惜的任意门去换。

不不不，不是要回到过去，把那些欺负你的人都打一顿。那些改变你的人像是穿石的点滴，因此你被打磨成现在令人喜欢的样子。就算他们现在已经流往其他的方向，但我仍然非常感激。

何况时光旅行的电影里都演过，历史不能被改变，一点不同就会影响未来。我可不想有任何差错，让以后的你有可能遇不到我；我说过我是个精明的人，这点我非常小心。

我就想回到过去，看看你。

你说你小时候是个小胖子，还莫名其妙的非常有自信，我想亲眼见见，说不定还伸手捏捏你的脸。青春期的你有了喜欢的女生，于是开始减肥，你把女神的照片贴在跑步机上，每天晚上奋力往前追，流的每滴汗都像是离她再近一点点。你为喜欢的女生努力的样子超级酷，不过我得告诉你，男人到30岁之后腰和肚子都会自动长出一个游泳圈，怎么减都脱不下来。

没关系，最后你身边的那个人只会笑着捏一捏那层肉，不会嫌弃你。

小学开始，你很喜欢打游戏，常趁大人睡着了偷偷爬起来熬夜玩。你妈妈总说，你上不了常春藤大学都是打游戏害的。我会在她抽出麻将牌尺，追着你满屋胖揍的时候拦住她说："阿姨别生气，打了也没用。他这辈子不但戒不掉，以后还能再打30年。"

偷偷告诉你，其实常春藤大学也没什么了不起的，还好你没去。

还有还有，我一定要认真地、诚挚地看着你的眼睛，和你说金毛狮王的发型一点都不适合你的长相。不是每个人染金发都像木村拓哉，留长发都像郑伊健，你最好在拍大学毕业照之前把头发剪掉。

不然10年后自己看照片会很想死，你一定要相信我。

同理可证，不是每个人抓到篮球都会化身空中飞人乔丹，手持麦克风就会变成歌神张学友。这些事情都需要天赋，而神没有给你这碗饭吃。

好在我们都只是普通人，不需要变成传奇。小小的偶尔的酷炫，就值得被喜欢。

我想参与你的前半生，陪你一起长大。看你从某些人心中的屌丝，变成另一些人心中的男神，在你沮丧灰心的时候，替你加油打气。

小学的你住得离同学很远，附近没有什么同伴。好不容易有邻居搬来，你听妈妈说那家的儿子和你读同所小学。于是你带着最好的玩具，兴冲冲地去敲人家的门，可是那个小男生说什么也不让你参加。最后你只能在窗户边看着其他小孩一起在里面跳上跳下，最后自己落寞地回去，抱着家里的小黄狗哭了一个下午。

我想和你说，人生就是这样，有时候我们一片好意，但是不被世界接受。或许有一天我们会明白原因，更可能终其一生也不知道为什么。

别难过，以后还有更多更重要的事，我们一辈子也弄不懂。这不是谁的错，好在也不影响谁得到幸福。

二十几岁的时候，你还没准备好要和交往几年的女朋友结婚，结果她突然决定嫁给了一个年纪大她一倍的男人。你不敢置信，打她的电话才知道号码已销户，她带着所有的回忆人间蒸发。最后是她的闺密不忍心，告诉你不好意思她不想再等，她选择了优渥的下半生。

恍惚间，你觉得过去几年好像一场梦，而自己从来没有认识过这个人。

我要回到这一天。

我会陪你伫立，走过长长的街道，跨过一地狼藉。我会和你狂奔，沿着刀刻的痕迹，目送一切归零。

我不会要你别难过，因为那并不可能。可是既然她找到幸福的答案，你就该为她高兴。相异的价值观不需要批判，未来的路很长，总容得下这些不同。

不是不对，只是不同。

人生不是漫画情节，没有绝对的好与坏；谁都不是百分之百欺负人的胖虎，也不会像大雄一样总是被野狗追。我们终究都能从灾难里走出来，你也会。到那个时候，一定会有更适合的人出现。他会明白现实的价值，虽然并不天真，却觉得你更为重要。

就像长大了，明白没有哆啦A梦的道具，可是我们都还记得不离不弃守在大雄身边的蓝胖子，因为陪伴才是真的。

那么，一定会有人看好你，珍惜你的善良，耐心地等着你扬眉吐气，连你的破绽都喜欢。

就像长大了，就算拥有哆啦A梦的道具，可是他依然会放弃能赚大钱的任意门，选择没什么用的时光机。

真是太愚蠢了，想想都会哭出来。

可是陪伴才是真的。

一定会有这种人出现，我保证。

爱情亲口告诉我的事

美味的都要给你留一份，震撼的只愿和你去一次，感动的总想与你听一遍；喜欢就是迫不及待，把最珍贵的奉献出去。而告别大概就是，那些吃过的菜走过的路唱过的歌，我明知道你会喜欢，却再也没有理由分享。只能与怅然相伴，将最想念的遗留下来。

DOG BINGO

如果岁月可回头

陪伴也是爱情的一部分，没人在他身边，他会寂寞的。

虽然被放弃的人，或许永远无法接受这样的回答。

那天我和一个认识了十几年的老朋友吃饭。他最近状况不太好，所以我抱着出来当垃圾桶的准备，听他那段不知道是第几次错的时间遇到对的人的失恋故事。餐厅是我选的，是一家好久没去的寿司店。我知道他不是很爱吃生鱼片，但还是很没义气地坚持，心想就算要听一整晚的苦水，起码能有美食作为补偿。

很久不见了，我顺口问他爸爸妈妈可都好。他用不可置信的口气说："我妈最近去了香港，你知道她去干什么吗？"

去趟香港有什么好紧张的？于是我开玩笑地回答："干吗？去见初恋情人？"

没想到他睁大眼睛："你怎么知道？"

不会吧……因为知道他父母都还在婚姻状态内，我在心里诅咒我的大嘴巴。还好他马上解释，是见初恋情人没错，不过不是他妈妈的（听起来好像在骂人），是他妈妈好朋友的初恋情人。

事情是这样的，我朋友的妈妈姓庄，庄妈妈的这个好朋友我也听过名字，大家都叫她丹姨。这两位阿姨是从小一起长大的，到现在六十几年，交情非同小可。丹姨从小家里环境不错，爸爸妈妈就她一个女儿。她对音乐很有天分和兴趣，家里就让她去读昂贵的音乐学校。五十几年前的音乐学校培养出来的女生有多么仙女也就不用提了。据庄妈妈说，丹姨白皙纤瘦，小小的脸加上大眼睛，弹起琴来，一头黑色长发像瀑布一样随着音符闪动。当时追她的男生，从高才生、运动健将到富家子弟……长长的队伍真不知道要排到哪里去。

偏偏这样的女孩子，会去喜欢一个和自己全无共同点的男生。

她喜欢的是从小一起长大、家里一穷二白、什么都没有只剩志气的同班同学。外形倒是非常匹配，男生高高瘦瘦的，有股很浓的书卷气。丹姨练琴时，他往往就坐在旁边静静地听，练完了，他帮她拿琴谱，慢慢散步送她回去。那时候风气淳朴，两个人的肩膀永远隔着几个拳头的距离。这个男生永远在离丹姨家两条街之前停下，因为怕她的家人发现。两人写的信永远没有上款，更没有署名。丹姨很是歉意，但他总是笑笑说没关系。没什么可给的人，要求的大约也不会太多。

即使是这样，丹姨的爸妈还是知道了。

激起的轩然大波可想而知，丹姨被勒令不准再和他见面。可是她的倔强脾气此时显露无遗，坚持自己有交友的自由，慷慨激昂的论调，就像那些她弹过的名曲一样澎湃。她说她不介意穷，粗茶淡饭也很好，只要有一架旧琴就可以了，不是Steinway也没关系。丹姨的父母，大约像所有的父母一样，觉得自己辛辛苦苦培养出来，从小没吃过苦的孩子根本不知道天高地厚。

“弹琴？跟着那小子到时候连饭都没得吃，还弹琴！”

被关在家里连学校都不能去的丹姨不服输，她偷跑出去找他。两个人往往短暂见面，被发现后又要面对父母更激烈的打骂。他也不好过，家人劝他“要门当户对”。他不了解，两个人也没有立刻要结婚，自己也不见得就一辈子穷。为什么恋爱这么单纯的事情，在其他人眼里这么复杂？

看着丹姨一天天消瘦憔悴，他明白这样下去不是办法。他狠下心，对她说自己要离开了。丹姨不可置信，自己为了这段感情吃了多少苦，居然换来爱人的逃离。她觉得自己像个笑话，到底是为了什么而坚持。

他保证会回来找她，但不知道是什么时候。丹姨说要等，他摇头。

“陪伴也是爱情的一部分，没人在你身边，你会寂寞的。”

听起来很有道理，可是被放弃的人，永远无法接受这样的回答。

“既然怕我寂寞，那就陪着我啊！”丹姨哭了。

他没有，于是爱情跟着他离开了。

熬得死去活来的日子，换来的是父母的欣慰。两个人并没有像丹姨父母担心的那样，偷偷保持联系。丹姨继续回学校读书，毕业之后当了音乐老师。她一直很有气质，说话温柔细致，之后遇到了一个对她很好的人，也就结婚了。过去的一切，像每个人一生都会做的一场叫初恋的梦。丹姨没想到的是，当年他说他会回来，不是骗她的。

上个月，丹姨打给庄妈妈，颤抖地说："他回来了。"

庄妈妈怎么也没想到这个他就是当年的那个他。毕竟上次听到这个人的名字，是五十几年前的事。物换星移，丹姨早已结婚又丧偶，两个当年的小女生，现在都是祖母级的人了。

"他要干吗？"我超紧张地问。脑袋里试图描绘这两个阿嬷在电话里讨论初恋情人的事，画面好像有点超现实。

"他要求见面。"我朋友慢条斯理地说，"他后来靠自己努力，从船员一路做上去，现在是一艘轮船的船长。"

令人吃惊的不仅这些。他还和丹姨说，自己一直忘不了她。原本以为丹姨过着幸福快乐的日子，不想再打扰。直到最近辗转从老朋友那里知道，她已经丧夫，身体又弱，生活过得并不如意。他说过去他没能力，现在他可以，愿意正式结婚，从此照顾她。

"正式结婚？！"我绝不承认我的惊讶来自六十几岁的阿嬷还有人求婚，自己却嫁不出去的这点，"该不会是诈骗集团吧？"

还好这样想的不只是我一个人，不然就显得我太腹黑了。庄妈妈也这样担心，毕竟五十几年没见到的人，谁知道现在变成什么样。我偷偷地想，还好丹姨的身体不好，年纪又大，不用担心她会被带去卖肾。

两个加起来100多岁的阿嬷，为了"初恋情人"辗转难眠。商量后又推翻，推翻后又商量。船长长期居住在国外，最后三人决定找个中间点，在香港见面。

"结果呢？！他是不是骗子？"我整个人无比投入，已经完全忘记今天出来是为了要疗朋友的情伤了。

"不见面还好，一见面更纠结，"我朋友没好气地回答，"因为他说的都是真的。”

当年以为是一场令人心碎的噩梦，变成真真切切的美梦，以完全没有预期的方式，王子华丽丽地回来了。

据庄妈妈说，船长西装笔挺、风度翩翩，和当年没有改变太多。他拿出档案包，包括职业证明，自己在国外的房屋照片和屋契，还有一艘游艇的照片。他说欢迎丹姨和家人朋友都去玩，还笑着打趣，反正自己都等了这么多年，不差现在这一点时间。丹姨慢慢考虑，等过了所有亲友的那关，再给他答案也没关系。女人毕竟是女人，丹姨问他，自己有没有变。这几十年，她过得并不好，疾病缠身，经济拮据，丹姨知道自己憔悴的不只是外表。

虽然老了点，王子不愧是王子，答案还是一百分。船长温柔微笑：“你在我心里，永远是当年那个弹钢琴的女孩。”

故事听到这里，我已经要晕过去了。什么诈骗集团、卖肾的阴谋论通通丢在一边，不要说我很肯定自己六十几岁的时候绝对不会有初恋情人出现向我求婚，就算是现在这个年纪，这样的人也很难找啊！为什么我就没有遇到过这种好事！难道是因为我不会弹钢琴吗？我可以学啊！吃完饭我就去报名！

“这么浪漫的事，还有什么好纠结的！”我几乎要抓住我的朋友摇晃，鲔鱼肚、生鱼片都忘了吃。

丹姨纠结的原因是，这时候，自己身边有另一个他。

这个爷爷是丹姨在先生离开后认识的。丹姨的身体不好，有慢性病，要长期吃药。这个爷爷有终身俸，拿药好像比较方便还是便宜。他常常抽时间来和丹姨说话，每周会带她去看病，几年来从不间断。虽然自己没什么钱，年纪也已垂垂老矣。但他总是带着听不太清楚的乡音和庄妈妈说，自己再怎么样也比丹姨强一点，照顾她是应该的。丹姨诚实地向船长表示，身边有这样的一个伴侣。船长很有风度地说，很感谢有这样的人照顾她，如果是医疗问题，以后她不必担心。

于是我沉默了。这个选择未免太残酷一点，一个是风度翩翩，经过几十年还对自己一往情深的梦幻初恋情人；另一个是身无长处但对她尽力付出，怎么选好像都有遗憾。

后来那顿晚餐吃得很潦草，我的心情已经被打乱，为一件事不关己的他人情事。

直到最近，那个朋友打给我。本来是说别的，我心里记着丹姨的事，但不愿意开口问。

“你知道丹姨后来发生什么事吗？”然后他自己提了。

“什么事？”我闷声回应，好奇又怕听到令人难过的答案。

“她没去，只寄给船长一封信。”我朋友回答。

“没去？为什么？”我精神一振，立刻又有点为船长难过。他曾答应她要回来，而且也真的回来了。这年头说得到做得到的男人越来越少，毕竟是难得的。

“信上写了什么？”

“信上只有一句话：陪伴也是爱情的一部分，没人在他身边，他会寂寞的。”

虽然被放弃的人，或许永远无法接受这样的回答。

我怕你会寂寞，我会陪着你的。

工具人与铁皮人

明俐是我的高中同学，住得离我算近，因此我们常去对方家聊天做功课，对彼此的家人都很熟。

明俐有个哥哥叫作明聪，大我们几岁，当时已经在念大学了。我没有哥哥，因此很羡慕明俐，觉得哥哥应该都很照顾妹妹，而妹妹大概就是崇拜哥哥。但其实他们兄妹俩互动很少，或许是年纪差距的关系，明聪把我们当小女生，见面只会点点头，大家并不玩在一起。

对于这点，明俐总是撇撇嘴，翻个白眼说："他可会照顾人了，可惜不是照顾我。"

明俐说的，是明聪的女朋友佳文。

佳文是我们同高中的学姐，属于女神级别。高挑白皙长腿，笑起来清纯带一点可爱，据说高中还没毕业的时候，就有演艺经纪人想和她签约，羡煞了一群还没长开只会读书考试的学妹。佳文的学习表现虽然平平，但是全校都知道这个人，因为她有很多男生追，除了本校的近水楼台，还有外校的虎视眈眈。每天放学前，她的柜子一打开，奔流而下的情书就像尼亚加拉大瀑布一样壮观。如果礼物和鲜花能塞进那0.5厘米的门缝里，我想她应该会成为我们百年校史中，唯一一位需要申请一整排私人置物柜的学生。

有这么出色的女朋友，明聪的压力可想而知。他的条件并不差，长相端正，身材适中，加上不错的家境，整个人怎么看也有中上，只是和女神级的佳文站在一起，难免让人心中浮现“凭什么”三个字。

所以到底凭什么？明聪凭的是工具人这个技能。

自从追佳文开始，他就用尽心思，身兼她的司机、保姆、厨师、保镖、运动教练、补习老师，随传随到，细心体贴，逢年过节大礼物，平常日子小礼物。女神的家境普通，有时候也的确需要这些实质或抽象的照顾。明聪在佳文的身边彻底工具化，发挥了身为男友的最大效益。看在明俐的眼里，自然为哥哥不值，为自己不忿。

当时我还没什么恋爱经验，不太确定这是不是正常的恋爱方式，但我含糊地想，以佳文受欢迎的程度，大概也只有这样的超人才能追到女神吧！

当然，恋爱方式没有所谓对错，只有情愿与否，我最后终于明白这个道理，不过那是很久以后的事了。

或许是年轻的恋爱注定要失败，也可能是随着时间，人心会无道理地改变，佳文和明聪在一起3年后，分手了。

分开的理由我不清楚，但据说明聪一改一千多个日子的低声下气，对佳文恶言相向，大声嘶吼，最后要求她把过去这3年他送的礼物全部归还。

东西拿回来的那天，我刚好在明俐家。说“拿”其实不恰当，用“搬”这个字似乎更贴切。明聪从车上扛下来的物品，从最大的电视机、音响、电脑，到包包、鞋子、衣服、香水、彩妆、保养品、饰品，加上杯子、八音盒、小摆饰、毛绒玩具、卡片，林林总总摊了一地。他们家的客厅顿时像是车库大甩卖，3年的回忆与时光现在没人稀罕，要称斤论两，贱价出售。

我拿起一个很重的铸铁锅，心里纳闷明聪是在什么节日想到送女友煮饭的锅子，难道他们连厨师节都要庆祝吗？

不过我不敢问，因为明俐和她哥哥正在吵架。

出乎意料的，哥哥终于和她不喜欢的女生分手，明俐一点都没有幸灾乐祸。照理说她一直介意哥哥作为工具人，对家庭之外的人殷勤进贡，现在应该要额手称庆才对。

“你错了，”明俐非常严肃地对她哥哥说，“你不该把这些东西要回来。”

“你懂什么！”明聪吼回去，“你知道这3年来我付出多少吗？！现在她一句不爱了，凭什么我就要默默退出？”

“我是你妹妹，我怎么会不知道，”明俐双手抱胸，态度冷静，“你跟进跟出，出钱出力，当了3年的工具人。”

“那你还帮她！”

“可你是自愿的，”明俐毫不留情，“没有人逼你接送，没有人强迫你付账。”

“男人切忌斤斤计较，你敢说你付出的那一刻不快乐吗？送出去的东西就是人家的，还是你的礼物需要保证感情永远不变才能使用？”

明聪无言。

“我是帮你还是帮她，你自己想清楚。”明俐说完就离开了，我轻轻放下锅子，也打算要走，转身前眼角看到了几束干燥的玫瑰花，包装纸的边缘有点变色，但几乎完好如初。

喜欢的人送一束花都这么珍而重之，应该是真心喜欢对方的吧！

这3年的时光，毕竟还是曾被珍惜过。

人的感情，不是最珍贵的东西吗？如果有形的物品能衡量无形的付出，那成功讨回的你，应该要庆幸止损了才对。

可是坐在满房杂物中间的明聪动也不动，一点也没有胜利者的样子。他身边那些可爱的毛绒玩具个个都低着头，有点无辜又带点茫然，像一群群龙无首的孩子，不知道自己为什么被丢弃。

等到我下一次去明俐家，那些旧物都消失了，她说明聪将它们都捐给慈善机构，用的是佳文的名字，最后把收条投进前女友家的信箱。

这也不失为一种处理方式。

失恋过去之后，大家都能感觉到明聪的改变：他遇到我们总是愉快地聊上几句，有空还主动问要不要带我们出去玩。他也开始和女生出去，不过没有固定女友，身边的人常常不一样，但看起来也就是约会的性质。

相处多了，我有时也开他的玩笑，有次问他："你现在还会送女生各式各样的礼物吗？"

"送啊！怎么不送，"明聪笑笑，"追女生，小礼物是基本的，不然你以为怎么会有这么多女生愿意和我出去？"

明俐在一旁摇摇头："以前太死心眼，现在看太开，真不知道是好是坏。"

"当然是好啊！"明聪很冷静地说，"掏心掏肺的人最蠢了，哪那么多心肝肺能给出去。"

以前的工具人脱胎换骨，一点痕迹也没有了。

现在的明聪，让我想到《绿野仙踪》里的一个角色。桃乐丝与小狗托托，被一阵大风吹离堪萨斯州，到陌生的国度展开历险。她遇到了好几个伙伴，有找寻大脑的稻草人、失去勇气的狮子，以及空心的铁皮人。

铁皮人因为被施了巫术，失去了脑子和心，他跟着队伍克服万难，要请求奥兹大帝将心赐还给他。

稻草人问铁皮人："你有脑子吗？"

铁皮人回答："没有，但我从前是有脑子的，还有一颗心，经过比较后，我宁愿有一颗心。"

"为什么？"执着于拥有脑子的稻草人问。

"我失去了爱情，现在没有心了。而当我在恋爱中的时候，我是世界上最快乐的人。"

爱情亲口告诉我的事

时间最珍贵，所以爱的最诚意表现，永远是陪伴。

我想在你身边，因为生命太短。

管理员爷爷的秘密

我们因为自爱而得到安全感，但幸福感来自被宠爱。

有人风雨不改来到你的窗前，就算你已鸡皮鹤发，仍把你当作张皇失措的小姑娘。

我搬过很多次家，遇见过许多奇妙的大厦管理员，有的不分日夜都在瞌睡，有的工作超过一年了还不记得住户是谁，还有的超乎寻常地认真，我才踏进电梯，他就立刻在大门口等候着准备帮我开门，也有的在凌晨三点依旧神采奕奕，笑容满面，让人忍不住怀疑开关在哪里。

我住过一间公寓，楼下管理员年纪很大，大到叫他伯伯，我都有点不好意思，觉得对不起我爸。叔伯应该是和父亲同辈，而那个管理员伯伯大约有七十几岁了。

搬进去的第一天，我拎着礼盒下楼自我介绍，看见他坐在大厅柜台后面，收音机播得很大声，头一点一点地，看不出来是打拍子还是打瞌睡。

我很快发现是后者。

“伯伯，我是五楼新搬来的，以后请多多指教。”我递上礼盒，但他没有反应。

“伯伯，我住在五楼，今天刚搬来。”我把礼盒往前推一下，提高声音。

“伯伯！我五楼！”我忍不住大吼一声，面前的老人终于惊醒，慌忙左顾右盼。

“哦，送货是吧？五楼啊？五楼租掉了还没人搬进来哦！”他中气十足地回答我。

搬进去很久，我才和管理员爷爷有点了解，说有点是真的有点，因为我们交谈的进度非常缓慢，我的时间不多，他的听力有限。坦白说，这份工作对于管理员爷爷是太辛苦了，每天上班时间有九小时，杂事很多，包裹他又常搬不动。有次旁边餐厅喝醉酒的人吵架闹事，管理员爷爷出去查看，还差点被波及。

事实上，要不是我刚好回家，见状立刻站在管理员爷爷身前，人高马大活像座怒目金刚，那天被醉汉打的很可能就是他。

过了几个月，我发现管理员爷爷每当中午11点15分，就会把大门锁起来出门，1点10分才回来，也就是说，他从不在柜台后面吃中饭。

和管理员爷爷熟了，我偶尔也会开玩笑，有次刚好遇见慢慢走回来的他，我笑说：“伯伯你又去约会哦！”

他布满皱纹与老人斑的脸居然红了，像个少年一样，期期艾艾地回答：“没……没有啦！”

管理员爷爷每当午餐时间就会消失，风雨不改，时间久了我忍不住好奇，但他总是笑嘻嘻的，没告诉我他去哪里。

直到有一次，管理员爷爷请假了几天，据说是在家里滑倒了，摔伤筋骨。

这件事让大楼管委会开始讨论老爷爷的去留，大部分的人觉得他实在年纪太大，许多工作已不能胜任是一个问题，更怕的是万一他发生什么意外，谁都无法承担这个责任。何况他中午还总是神秘消失，邮差快递员都常找不到人，造成许多住户的不便。

几天后，管理员爷爷来上班，手肘上还缠着绷带。我看了很不忍心，问他为什么年纪这么大了还不休息，是因为钱的缘故吗？

他摇摇头说不是。

我又问他，为什么每天中午都不见，如果觉得工作时间太长，要不要中午在柜台吃饭就好，可以收收包裹什么的，这样的话大家都同意下午让他提早回家。

老爷爷很惊慌，摇头说那可不行。

我很疑惑，终于忍不住问他，每天中午到底去了哪里？

那天顶着大中午的太阳，管理员爷爷颤巍巍地带着我，去了附近一座大楼。

那是一间老人疗养院。

老爷爷的妻子就住在那里，她不良于行，必须由看护陪着，于是老爷爷每天中午都来看她，然后再慢慢一个人走回去。老奶奶怕他累，总是不让他来，所以他执意要继续当我们的管理员，这样他才有借口来陪她吃饭。

我们那栋公寓，是离老奶奶最近的地方。

“他这个人，就是怎么说都不听。”坐在轮椅上的老奶奶皱着眉向我埋怨。

“还不是你以前在家里爱说，我不回来吃饭你都不知道该吃什么，我现在不陪你，你又该不吃饭了！”老爷爷理直气壮地回答。

“年纪都一大把了，还这么固执。”老奶奶摇摇头，转过来问我，“他没给你们添麻烦吧？”

我心中闪过管理员爷爷那些完全搬不动的包裹，永远睡不醒的午后，老是记不得的人名。

“没有，伯伯好神勇，上次有人喝醉酒闹事，还是他保护我呢！”

老奶奶笑了，神情娇憨一如刚恋爱的少女，以心爱的人为傲。

现在的女生，总是被很多文章与专家教导要怎么独立怎么坚强，最好什么都要靠自己，喜怒哀乐都与别人产生最少关系。我不是说那样不好，只是有时候，生活除了越来越坚硬，还有很多地方需要柔软。

我们因为自爱而得到安全感，但幸福感来自被宠爱。有人担心你生活不能自理，即使你一直独居。有人害怕你吃不饱穿不暖，虽然你从不生病。

有人风雨不改来到你的窗前，就算你已鸡皮鹤发，仍把你当作张皇失措的小姑娘。

那天回去之后，我给管委会主委打了一个电话。第二天，大楼的门口贴起了这样的告示：

每天11: 45-13: 15，管理处无法签收任何包裹，敬请见谅。

完美女友

我有一个朋友叫作大宝，是男生们公认最羡慕的对象。

原因是他的女朋友小玲。两个人交往了一年多。她笑起来很甜，骨架小但身材有料，和帅气的大宝站在一起非常般配。

不不不，大家羡慕的不是因为他有个漂亮的女朋友，好啦，起码不是唯一的原因。不是说外形不重要，就是因为很重要，所以这年头最不缺的就是俊男美女。

大宝令人羡慕的，是因为他的女朋友好得不像真的。

怎么说呢，小玲有份好工作，经济很独立，喜欢什么自己买，从来不和男朋友开口。事实上，有时候逢年过节大宝忘了表示，她也总是笑笑说没关系，是那种真的没关系，不是那种让男人担心半夜会被枕头闷死或是被刀插死的没关系。

除此之外，众男人觉得最不可思议的，就是小玲完全不黏人。她有自己的朋友，定期聚会；她兴趣广泛，常常上各式各样的课，说专精什么倒不至于，但起码生活安排得很精彩。大宝有空才和她见面，忙起来的时候小玲也不抱怨。

她当然也不查勤，不限制男人的出入地点，于是一群朋友里面，大宝拥有绝对的自由。

这样的女朋友知情识趣，简直是童话故事里报恩的仙女，或是半夜织布的仙鹤，只在需要的时候出现，日出就会弹指间消失。因此大宝被兄弟们视为男人中的男人，走路有风，大家恨不得能聘请他来调教自己的另一半，无视自己女友的白眼。

“你有没有检查过她的脖子后面，说不定有开关。”Kevin开玩笑说。

“哪家工厂出来的，我要订10台！”Paul瞪大眼睛，拿出叶问以一打十的气魄。

对此大宝总是很无辜地表示，他没有调教任何人，小玲从一开始就是这样。众男生更是叹为观止，羡慕得眼珠都要掉出来。

直到有一天，大宝在忙碌的下班时间开车回家。挤在一个红灯前，他漫不经心地往旁边看，赫然发现旁边一部黑头轿车，里面坐着一个西装笔挺的男人，和他的女朋友小玲。

是的，他那个不需要接送，不需要嘘寒问暖，不需要花钱花时间的完美女朋友小玲。

大宝吃了一惊，连忙拨电话给她，只见隔壁车子里的女生拿起电话，把亮起来的屏幕按掉，再将电话塞回包包里。车子在绿灯之后绝尘而去，留下大宝呆坐在车上，后面的人猛按喇叭都听不见。

等到他终于与小玲联系上，已经是第二天。大宝整晚没睡的眼睛泛着红丝，质问她到底是怎么一回事。两个人大吵一架，小玲承认有别的对象，但是不承认自己出轨。

“你还不承认？！”大宝气得吼叫，“你是我的女朋友，还和别的男人交往，这不是偷吃是什么？！”

“女朋友？”小玲冷笑，“你好意思说我还不好意思听，在一起一年多，你什么时候尽到过做一个男朋友的责任？”

“什么都是我一个人搞定，你一句你很忙我就要自己处理，我要这种男朋友干吗？”

大宝气得眼冒金星：“那也不表示你就可以出轨！你有意见为什么不讲？”

小玲头也不抬，抓起包包就往大门走。在开门之前她回头盯着大宝的眼睛，丢下一句：“很多事讲出来就没意思了，自动自发才有意义。”

当大宝垂头丧气，将这件事告诉我们的时候，大家都很吃惊。男人们忙着义愤填膺、同仇敌忾，我的手机叮一声响起，讯息来自坐在对面的女生，她的男朋友是Paul，就是曾表示要订10台小玲同款的那位。

“哈哈哈哈哈哈老娘就知道，他以为他金城武啊！仙女咧！仙贝还差不多！”

世界上没有不要求时间，不讲究忠实，不在乎疼爱的女人。就算有，那也只是因为她已经对你放弃。

不企图从你这里得到，所以才没有和你要。

感情都需要经营，不能取巧没有侥幸。它不是神灯精灵，不能在专挑有所求的那刻翩然出现，不方便就摸摸鼻子识相消失。

可是正因为如此，伤心软弱的时候，它也会守在那里。

不是要你相信

敷衍是什么，敷衍是一个台阶，一个面子，让对方下台，因为你还有一点在乎他的感觉，但是又没有在乎到愿意为他改变自己的意愿。于是你说了一个禁不起推敲的谎，连仔细雕琢的功夫都懒得花。

但，虽然有点粗糙，这也是一种温柔，不是吗？

离婚后的大头，意志消沉了一阵子，对方比他先找到对象，这点更成为他的致命伤。

有一段时间，他在社群网站上追踪着对方与对方男性朋友的动态，分析每个点赞的人是谁，背后的动机，与最重要的——这些男人和他前妻的关系。

他不累，我都先被他累死了。

我这个人，别说对路人，连自己朋友的八卦都没有开口问的习惯，通常都是朋友讲，我听。现在被大头强迫讨论陌生人的点滴，对着完全不认识的面孔品头论足，这让我无比痛苦，每分每秒都度日如年。

终于有天我受不了了，告诉大头要放下："你和她已经是两条并行线，以后只会越行越远，你这样的行为很无聊，是一种变态。"

"我不明白，"大头气愤地答非所问，"她明明就是有了新男人，为什么还说那只是普通朋友，不和我坦白承认？"

我不说话。我明白答案是什么，却更知道什么不该说。

根据调查，失恋会经过三个阶段，震惊不可置信、伤心企图挽回和气愤怒火攻心。熬过了这三道地狱，最后才能升华到冷漠的境界，对方的一举一动都不起一丝涟漪。

毕竟爱的反面不是恨，是根本不在乎。

我很清楚，因为我也曾哭着经历过。

现在的大头，在半年内达到第三阶段，老实说进度还不错。我估计再忍受3个月，他应该就能无为无治，立地成佛。

这样的情况大概再过了两季，在初夏来临前，大头恢复健身，秀出壮硕的二头肌，上衣越来越紧，布料越来越少。做重量训练的人都知道，随着肌肉变大，衣服就好像和身体变成两个正极或是两个负极，什么都会从身上弹开，根本穿不住。

等到进入蝉鸣的夏天，大头的心境和湛蓝天边的高积云一样，海阔天空、无边无际。他开始认识新的对象，纵横情场，气势不减当年。

不，比当年有过之而无不及。因为这些女生，只有代号没有名字。

通常每隔一两个月，我都会收到大头传来的新照片，上面是一个陌生的女孩，他会问我：“怎么样？”

“这是谁？”一开始我还会反问。

“大眼妹/长腿妞/D罩杯/女老师。”他会以对方的特征或是职业来回复我，从来不重复，也不介绍我们认识。

“你能不能别糟蹋人家女孩子？”后来我也懒得问她们是谁，直接在看到照片后回这一句。

那天他发了一张对话截图，上面是一个女孩与他的聊天记录，对方的昵称是小护士。只见那个我不认识的白衣天使，害羞地和大头说自己对他很有好感，问他是个怎样的人。

“妹子啊，你太天真了，这种问题怎么能用问的呢？”我在心中暗暗感叹，眼前浮现一个画面，是小绵羊与大野狼在青葱草原上玩耍。

视线刷到下一行，大头贴给她一个链接，回答了三个字：“自己看。”

过了20分钟，那个女孩子传来眼冒爱心的贴图：“这真的是写你吗？！你好帅！”

我有一股很不好的预感，立刻发讯息给大头：“链接是什么？”

他复制了网址回来，我一点开，赫然发现是我的那篇《做一颗星星，照亮想念的天空》。当时我正在边喝咖啡边化妆，刹那间把手上的饮料往桌上用力一放，化妆师的手一抖，把我的眉毛都画歪了。

古人说的柳眉倒竖，原来就是形容这种状况。

“你……无耻！”我在语音消息里大骂，“居然拿我的文字去把妹！”

“哇哈哈，这篇真是太好用了。”他得意扬扬地回复，“第一次把妹连话都不必说。”

“不准欺骗无知少女！信不信我把你的真名贴出来，诏告天下我不认识你！”

屏幕另一边的大头好一阵子没回复，过了很久，我开始有点担心。

“喂？你在吗？”

“好啦好啦！给你用就是了。人家小护士也成年了，一个愿打一个愿挨，我只拜托你做好安全措施总可以了吧？”

又过了好几分钟，只见屏幕上一直显示着输入中，仿佛修修改改了半天，大头下定决心才传了这段话过来。

“其实那天小护士说喝醉了，要我去餐厅接她。她一路上又哭又闹要和我回去，我没办法，只好把她先带回家，让她躺在我床上，我跑去睡沙发。

“半夜她挤到我身边，我再也不能装睡，只好搂住只穿着内衣的小护士，和她说……

“说我不举。”我看到这里，一口咖啡差点喷出去。

“……你至于吗？干脆就吃了算了。”我叹了一口气回复他。

“你以为我不想？”大头飞快地传来这一行，“你以为我不想喜欢别人？你以为我想一个换一个？

“有时候我觉得，自己是不是把这一辈子的感情都用光了，现在都只是敷衍；而我最讨厌敷衍，什么都没做就已经像对不起人家。

“你说，我还有没有爱剩下，会不会有再喜欢别人的一天？”

我不知道该怎么回答，但基于道义，我这样告诉他：“当然会，你会再爱得轰轰烈烈，风云变色，让我以你为主角，写出一百篇故事。”

“一点可信度都没有，”仿佛能看到大头的表情，他的字里行间都在苦笑，“早就和你说过了，我最讨厌敷衍。”

敷衍是什么，敷衍是一个台阶，一个面子，让对方下台，因为你还有一点在乎他的感觉，但是又没有在乎到愿意为他改变自己的意愿。于是你说了一个禁不起推敲的谎，连仔细雕琢的功夫都懒得花。

但，虽然有点粗糙，这也是一种温柔，不是吗？

我想到了一个春天与一个冬天之前，气愤又伤心的大头握着手机问我，为什么他的前妻明明就是交了新男友，却不肯老实告诉他？

“那晚你说你不举，小护士相信了吗？”我问。

“我只是怕她伤心，不在乎她相不相信。”大头很潇洒地回答。

那就对了。当时我说不出口的，现在你都知道了。

她只是怕你伤心，不是要你相信。

#爱情亲口告诉我的事#

知道回不去了也好，这样你就能义无反顾地，向前走。

最酷的朋友

一间空屋不成家，你在的地方才是。你背井离乡，万般身不由己，我无处安身，从此颠沛流离。

1

玛吉是我的好朋友，姓张。读书的时候要取英文名字，她毫不考虑，毅然决然地对老师说：“我要叫Maggie，和张曼玉一样。”

这句话引起哄堂大笑，据她所说，大家会如此激动，是因为她和张曼玉女神有两点惊人的相似之处。

女的，活的。

那真是相当雷同。

玛吉的身材丰满，几顿吃多了就会偏到胖的那一边，但她本人并不介意，且以美食家自居，认为人活着的目的就是为了吃。当她对自己英文名字的来源津津乐道时，身材比她大一号的员工肥肥在旁边频频冷笑道："无耻，如果你是张曼玉，老娘就叫碧昂丝！"

我觉得这些女神都会生气的。

玛吉和我住在不同的城市，生活原本毫无交集，我们会变成好朋友，是因为流浪猫狗的缘故。有次我号召捐款，她开着一间小公司，用老板的淫威没收了一堆少女买零食的钱，理由是行善要与减肥并重。她把钱增加十倍，成为一笔小巨款，流浪动物之家收到后吓呆了，问我捐款人是谁，转账的时候是不是多打了一个零。

我们是这样认识的。

现在很多女生都爱说自己是女汉子，可她们一定没有见过玛吉。我想她是我女性朋友里唯一不刮腿毛与腋毛的人，从不化妆保养，衣服颜色只有黑、浅灰与深灰。路见不平一声吼，能把公交车上不让位子的大叔骂得抱头鼠窜。看见流浪动物受苦，心却又像一块嫩豆腐，轻轻一碰就碎成渣，随时随地能哭成狗。

玛吉收留的几只毛孩子，都有可怜的遭遇。这只嘟嘟被剪了声带，只能无声地笑着迎接主人回家；那只三花瞎了一只眼，却非常凶悍，誓死保卫她的安全，人称盲剑客。她最疼爱的是半身不遂的奶粉，被车压碎了骨盆，丢在路边等死。玛吉把它捡了回来，细心照顾，配上轮椅，从此奶粉汪生开挂，四处横冲直撞。

2

玛吉家的隔壁住着一位独居老爷爷，年龄不详，个性冷酷，不太与人打交道。据说他以前是军人，从小背井离乡，退伍之后年纪已经很大，一辈子都没有结婚。

与他为伴的只有一只橘色大猫，年龄不详，毛色油亮，肥头大耳的模样非常霸气，小区里的人常常见到一人一猫在傍晚出门散步。爷爷走得缓慢，步履蹒跚，胖猫脚步轻柔，尾随在后。夕阳把影子拉得很长，映在地上的形状依稀能见到过去的荣光，老人雄壮威武，老猫虎虎生风。

老爷爷散了一会儿步，照例坐在公园里的长椅上休息，橘猫会纵身一跳，安稳地伏在他身边，树荫下随即传来苍凉的哼唱：

三国战将勇，首推赵子龙，长坂坡前逞英雄……

玛吉曾路过，好奇停下来听了几句，被老爷爷发现，狠狠瞪了一眼，她落荒而逃。

这本来是两人一猫的唯一交集，直到有一天，玛吉照例带罐头去喂附近的猫狗，正蹲着喂得起劲，背后突然被蹭了一下，回头看见老爷爷的那只大橘猫。它眯起双眼，显然是被香味吸引，盯着玛吉手中的碗，犹豫着不敢马上靠近。

“是你啊！”她伸出手，“肚子饿了是不是？来，今天有金枪鱼。”

橘猫个头不小，胃口也很大，三两下就把食物吃得精光。

“还要不要？”玛吉再添了一些鱼肉，趁机摸了摸大橘的头，“你叫什么名字呀？”

“猫咪。”

一个声音突然从她头上冒出，玛吉整个人吓得弹起，老人不知道什么时候出现，皱着眉头看着她和橘猫。

“猫咪，回家了！”他背过身子，指着家的方向，大橘立刻弃罐头于不顾，乖巧地跟上去，一人一猫才走了几步，老爷爷突然转过来，对着玛吉点了点头。

玛吉说，不知道为什么，那天她心情特别好，感觉像是交了两个很酷的朋友。

3

玛吉和老爷爷的家，中间有一堵及腰的矮墙，那是大橘常常躺着晒太阳的地方，它居高临下，背对着家里的庭院，像一个巡视领土的君主。玛吉养成了一个习惯，出门喂狗猫的时候，都会留一碗食物在矮墙上。而猫也从来没辜负她的心意，玛吉回家之前，总能顺手收走一个空碗。

过了一个礼拜，玛吉发现矮墙上有颗小小的苹果，端端正正摆在碗旁边，下面压着一张纸条，简简单单只有两个字，“谢谢”。她心头一暖，将果实带回家，原本放在厨房，后来想了想，又将它拿出来，放在桌子中间。

从此，矮墙上时不时会出现这样的回礼，上面写的总是“谢谢”两个字。玛吉吃掉苹果，留下纸条，有几张被雨淋湿了，她珍惜地阴干，再慎重收进盒子里。

入冬的一个下午，天气突然转凉，玛吉正准备出门喂猫狗，突然听见外面一阵喧嚷，她推开门，看见救护车停在老爷爷的门口，顶上闪着令人不安的红蓝光。老人脸上罩着氧气罩，躺在担架上，几位医护人员正将他抬上车。一见到玛吉，老爷爷突然激动起来，努力想挣脱束缚，却被大家按住。

只见他满是皱纹的手朝玛吉挥动，指向矮墙，依稀听见他说：

"猫……猫咪！"

玛吉连忙点头大喊："我知道！你放心！"

老人平静了，救护车扬长而去。

4

揪心的十天之后，老爷爷终于回家，但因为心脏病发住院的他，被发现视力严重退化，无法生活自理，只能搬进老人院。收拾东西的时候，他呆呆地看着手上的清单，上面列出能带去的物品。老人身无长物，打包并不困难，可这次大橘没办法一起去。

带不走的，往往最放不下。

临走前，他抱着猫坐在公园的长椅上，很久都不说话。最后老爷爷站起来，踏上老人院的车，开门的时候，大橘从椅子上跳下，想跟着他走。

"猫咪，回家了！"他喊，指着熟悉的方向，一如往常。

橘猫很疑惑，看着唯一的主人，不为所动。

一间空屋不成家，你在的地方才是。你背井离乡，万般身不由己，我无处安身，从此颠沛流离。

老爷爷流下眼泪，擦都来不及擦。

玛吉曾经想要收留大橘，但被它断然拒绝。它吃光玛吉给的鱼，并打扁玛吉养的狗。老人走了之后，大橘日常的行踪成谜，不过有时依然躺在矮墙上晒太阳。这段时间内，玛吉的狗不能出现在院子里，只要被它看见，见一只打一只，见两只打一双。

玛吉很喜欢化悲愤为力量的大橘，她说她早看出这只老猫不是泛泛之辈，无名猫最能打，家养猫都是渣。

每个月初，爷爷会回来探望它，虽然视力不好，但他无须费力寻找大橘，只要轻喊一声，本来不知道在哪里的猫，就会从某个角落飞奔而出，喵呜应和。一人一猫坐在树荫下的长椅上，老人会唱起那首熟悉的曲调：

五关斩六将，保嫂觅皇兄，匹马单刀千里行……

老人断续哼唱，直至被车接走，大橘总会送他，跟到小路尽头。

5

春天刚来的一个下午，玛吉发现墙上的猫碗原封不动。一开始不在意，因为隔一条街的太太也很喜欢大橘，有时候也会喂它东西吃。可是连着几天都如此，让她开始担心，四处搜寻了一整晚，最后想起隔壁老爷爷空置的旧房子，她翻墙过去找，在门廊下发现已经冰冷的猫，年龄依旧不详，但在时间的荒原里，一切已没有差别了。

“看起来很平和，一定是寿终正寝的。”玛吉这样说，语气十分安慰，眼泪万马奔腾。

她将大橘埋在矮墙底下，这才猛然想起，再过几天就是月初。

玛吉急得像热锅上的蚂蚁，我知道她内疚，又不忍心说实话。她愁眉苦脸了好几天，突然很高兴地告诉我有办法了。

玛吉居然走遍了流浪动物收容所，找到一只猫，和大橘颇为相似。

“这……这样不好吧？！”我迟疑地问。

“你真的觉得不好吗？”她认真反问。

我沉默，让一个独居老人失望太残忍，我们谁也做不到。老爷爷的眼睛不好，说不定真能蒙混过关。

玛吉抱着替身猫进行特训，终于有一天，门外传来熟悉的呼喊声，她冲出家门，在公园里见到老爷爷，打过招呼，战战兢兢地将新大橘递过去。

老人的手，在接过猫的那一刻停顿了，玛吉的心几乎要跳出喉咙。

“猫咪……是不是瘦了？”他掂了掂手上毛茸茸的一团，狐疑地问。

“是！是瘦了。”玛吉连忙回答，“大概是天气热，胃口不好。”

老人点点头，默默将猫拥在怀里，这几天被抱习惯的新版大橘居然很合作，乖乖地按照剧本演出。玛吉退到一旁，心里松了一口气。

6

夏天过去之后，老爷爷不再出现。

玛吉很担心，心里做了最坏的打算，却抱着最大的希望。橘猫2.0被她喂得胖胖的，身材和上一代相比有过之而无不及，现在就算老爷爷的眼睛没有退化，一晃眼看或许也难以分辨。

她日夜期盼，终于等到消息，不是老爷爷的身影，而是一封来自他的信。

正确地说，是老人院在他遗物中找到，代为寄出的字条。

纸上画了一颗小小的苹果，旁边除了“谢谢”，还多了一行歪歪斜斜的字：

天上的猫咪也说谢谢你。

玛吉哭了，心里某一块地方很酸，又有一块地方很暖。

她将那封信，和以前收到的字条放在一起，埋在那堵矮墙下，就在大橘一代的旁边。顶着阳光，她奋力挖土，和着泪水堆进去，站起来的时候有点头晕，心里却非常清澈，就像与亲爱的人告别，知道他们去了该去的地方。那苍凉而有力的歌声，仿佛还回荡在曾经清凉的树荫下：

黄忠马陷坑，云长刀留命，箭射盔缨报恩情……

恍惚间，玛吉又见到公园的长椅上，坐着一个老人与一只老猫，他们互相陪伴，跨过时间荒原，没有姓名，年龄不详，但却是她的朋友中，最酷的一对。

后记 *Postscript*

思念的味道 / 穆熙妍

1

在我的记忆中，奶奶代表纪律与公正。

我有个重男轻女的传统家庭，身为第二个女儿，我妈生我的时候没什么人来探望，她在医院住了几天，气氛很凄凉。五年后妈妈又怀孕了，检查还是个女儿，她大哭了三天，面对了此生无男的现实。

好在我妈不是轻易被打败的性格，她痛定思痛，怀孕期间拼命看可爱女婴的照片，心想这第三个女儿要生得讨喜一点才有人疼。

“生你的时候门庭就那么冷落，这孩子如果再长得丑那不完了。”我妈回忆起当时的心情，非常认真地说。

或许老天爷心情好，听见了一个年轻母亲卑微的祈求，并决定实现它。我妈第三个孩子出生的时候不但不丑，还非常可爱。不过，最令所有人出乎意料的不是孩子的长相，而是性别。

原本医生斩钉截铁宣布是女孩的婴儿，是个男孩。

那年代的B超科技有过高的失误率，但这个错是受欢迎的，没有人表示不满。

我记得妈妈生弟弟那天，我在客厅玩，爷爷奶奶都没去，在家里看电视。突然电话响，爷爷去接，只听他整个人一下就蒙了，不断反复问对方："你说什么？你说什么？"

然后他挂掉电话，回头看见一脸问号的我，神采飞扬，拉起我就在客厅开始转圈圈："是男的！是男的！你妈妈生了一个弟弟！"

眼角的余光中，我看见奶奶仍旧一派淡定坐在沙发上，面不改色。

或许是她自己生了四个儿子，不觉得男丁有什么稀罕，也可能是她的思想和教育，让她从根本上认为生男生女是一样的。

这要从奶奶的学历说起。

2

奶奶是国立师范大学（今湖南师范大学）毕业的，之后就一直教书，生活很简单，重心就是学生。她高一米六几，面容清秀，明明条件不错，但二十出头还没有对象；这个年纪在当时很多人眼中算是大龄剩女，和动不动就呜呜作响的空袭警报同样令人心焦。奶奶有个大她两岁已婚的姐姐，姐夫是黄埔军校十三期的。眼看这个妹妹明明人人称赞，却依旧小姑独处，两夫妻忍不住越来越急。最后由姐夫出面，介绍了一个同期的男生给她，两个人谈得很投机，于是奶奶离开了故乡，嫁到扬州。

结婚后没几年，他们带着襁褓中的大儿子，跟着部队辗转来到台湾，之后又生了三个儿子。爷爷身为炮兵团团长，长年在部队里，远离故乡的奶奶，家中穿梭的亲戚没几个，除了军眷，只有传令兵。

一个女人带着四个年龄相近的儿子，家用有限，生活辛苦可想而知。奶奶发挥了她做老师的专长，用铁一般的纪律将家整治得井井有条。

我们家的家教是出了名的严格，奶奶对礼貌和骨气特别要求，吃饭喝水站坐走都有规矩，大人没开动，饿死了都不能举筷子，饭吃完了也不能任意下桌，要等辈分最大的长辈同意才能离席。中央的转盘只能顺一个方向转，不能逆行，一道菜再喜欢也只能夹一次，所有人都轮遍了才能再添。咀嚼不能出声，手肘绝不允许放桌上。如果是出门做客就更多规矩，从小我看见饭没吃完就能下桌去玩的孩子，简直觉得不可思议。

奶奶特别介意我们对待别人的态度，要求我们见到长辈一定要打招呼，不管对方是谁。来家里的客人就不用说了，有时逢年过节家里来的人多，她照样一个个盯着，谁叫了人谁没叫都一清二楚。即使是帮佣或保姆她也一视同仁，我出生的时候，家里环境已经不错，爸爸请了帮忙家事的阿姨，出门也有司机。奶奶仍旧要求我们自己的事自己做，遇到打扫阿姨也要毕恭毕敬地喊“阿桑好！”

青少年时期的我，曾经觉得这些规矩很烦琐，有次问她为什么喝完水的杯子要自己拿回厨房，阿桑不是会做吗？

她很严肃地回答，因为这个人是来帮她和我妈的，和我们没有关系；因为阿桑工作已经很忙了，因为人家也是人。

这个观念影响我很深，以至于我遇到服务业的人，总是非常客气。

奶奶的世界是公正的，什么都有一套规矩；基本上大人没说可以就是不可以，可有时候即使大人说可以也不可以。这种不确定的情况，一切都以奶奶的脸色为准。她不太打骂，但又自带一股威严，让人知道什么时候该说什么话做什么事，而且不用出声。

大家都笑说，我奶奶教孩子不走声控，靠颜控。

这点我深有体会，并且为此付出过惨痛的教训。

3

像很多外省太太一样，奶奶喜欢打麻将，有时候牌友来我们家，有时候她去别人家。她也会带着幼儿园的我去打牌，做客的过程很像打一个叫作“口是心非”的游戏，充满着机关与陷阱，随时亮起红灯和警钟。譬如说一进门要站好，主人叫你坐都是骗人的，你真的一屁股坐下就惨了。这个时候就要抬头看奶奶，她略略点头或是微笑才能坐。大人递饼干糖果过来，反射动作就是摆手说不要。

我奶奶会说：“小孩子，吃那么多零食做什么！”

主人会笑着说：“没关系没关系，拿去吃。”

这是陷阱二，千万不能上当，你要摇头如拨浪鼓，仿佛这些糖果饼干都有毒，眼睛还不能盯着食物看，要隐藏所有渴望。

奶奶满意了，点点头：“大人给你，你就拿着吧！”

这句话瞬间解开所有封印，这时候我才能鞠躬说谢谢，伸手选一个喜欢的。

是的，一个，这是机关中的地雷，结局后的彩蛋，一次全拿保证让你后悔一辈子。

不过没关系，忍耐都是值得的，这次表现好，下次才有再出来的机会。

俗话说放长线钓大鱼，就是这个意思。

我算是懂察言观色的小孩，通常带出去都能受到赞扬。直到有一次，天气实在太热了，奶奶和朋友打了一个下午的牌，丝毫没有休息的意思。我很渴，于是蹭到她身边，小声说我想喝水。

“乖，自己去冰箱里拿，有果汁。”主人家一边摸牌一边这样说，神情很和蔼。

我转头看向奶奶，她没有回答，但是眉开眼笑的，我想这就是可以的信号。

这家是熟人，我来过很多次，于是一蹦一跳地走去厨房，伸手就把高高的冰箱门打开。一阵愉悦的凉风扑面，映入眼帘的是瓶装果汁与养乐多，我特别选了一瓶小的，举起来转身问：“这个可以喝吗？”

还没来得及听到回答，我就看见坐在牌桌上奶奶的脸，她的视线从一排小塑料方块上抬起来，面色比她手上的麻将牌还要青。

当下我就知道功亏一篑，大魔王出现，我完了。

奶奶是很理智的，为了顾及孩子的自尊心，她从不在外头发火。那天她尽力强颜欢笑，草草结束牌局告辞回家。一路上她一句话都不说，我战战兢兢，心里都是游戏结束，超级玛丽倒在地上的画面。当晚我被藤条打得好惨，更悲剧的是，奶奶教训完了还和刚下班回家的爸爸告状。

我记得自己哭着分辩，说因为奶奶笑了，我才以为可以去拿饮料的。

我爸一听，转身向奶奶投以询问的眼光，她百口莫辩，气得不得了，说压根儿没听见我问，她笑是因为听牌的缘故。

那天我被揍了两次。

现在想来，身处麻将世家，我牌技差大概归咎于这次的阴影；看到麻将牌就想起小时候挨的一顿棍子，一听牌就直打哆嗦的人是不会赢钱的。

后来我爸安慰我，说他小时候也犯过同样的错。小时候奶奶带他上街，他看到邻居小孩吃棒冰，于是不肯走，闹着也要吃。奶奶不给他买，正僵持不下的时候，邻居爸爸好心买给他一根，他立刻接过来吃，结果回家被奶奶狠狠打了一顿。

他很不服气，问人家给的为什么不能拿，奶奶蹲下来直视爸爸的眼睛："我们没钱没关系，不能连骨气都没有了，你要记得现在想吃吃不到的心情，以后赚钱买自己的棒冰。"

我听了肃然起敬，觉得奶奶既强大又有原则，被她打一顿也甘心。不过被我爸打就不太合理了，明明吃棒冰和拿果汁差不多，大家应该将心比心同仇敌忾，他凭什么打我?

"这叫作传承，懂吗？"他沾沾自喜地笑了，"要不你赶快生一个，以后也可以打他。"

4

奶奶是湖南人，口味重喜欢辣，每次吃饭都要切一盘生辣椒来配。她擅长腌腊肉，冬天的时候总是上市场选最好的五花肉，腌好后高高吊在阳台上，早晚担心老鼠偷咬。腊肉有时拿来蒸饭，也可以切一碟直接吃。我们家都是江浙口味，喜欢清淡鲜美的食物，爸爸看她每年颤巍巍地爬上爬下就心惊胆战，屡屡劝她别搞这些了，反正家里吃的人也不多。她总不答应，腊肉虽然越腌越小，可每年还是要做的。

当时我不明白，后来才知道她是因为想家；腊肉代表奶奶记忆中的故里，也是思念的味道。

春天的时候，奶奶也常包荠菜馄饨，这种菜是外省的食材，当时吃的人不多。荠菜到处都是，她会教我们分辨，然后派我们去采。我们姐弟穿梭在白色荠菜花与黄色油菜花之间，胖胖的小手努力拨开草丛，认真地寻找祖籍地和生长地之间的联系，像是执行一个神圣的任务。可惜孩子们的注意力很短，荠菜小分队一下就被蹦跳的蚱蜢、飞舞的蝴蝶吸引，最后发现时间不够了，赶忙胡乱拔一堆野草交差。

1984年的时候，爸爸带着对故乡心心念念的奶奶回湖南，那时候没有直航，年事已高的她从香港辗转千里，最后终于踏上久违的泥土，与以为再也见不到的姐姐抱头痛哭。

那是她离开故乡第三十五年。

当年和丈夫去台湾的时候，曾祖母哭着说，不知道这辈子还能不能和奶奶相见，奶奶也哭了，保证说自己一定会回去。曾祖母殷殷期盼了几十个寒暑，无论别人怎么说，都深信小女儿有返乡的一天。可她没撑到那时候，她在小女儿回去的前三年过世了。

奶奶虽然拼命信守诺言，却没来得及和自己的妈妈说再见。

不过姨婆倒是享有高寿，后来爸爸安排那边的亲戚来深圳的工厂工作，因此表哥会接她来，奶奶就从台湾过去见面。两个老人家见面总是很开心，她们会吃吃喝喝，到处观光，有时候什么也不做，光散步就能走一下午。已经耄耋之年的姐妹仿佛化身少女，因最小的事物开怀，有时又变回老人，为最短的步伐满足。

最后一次见面的时候，奶奶送姨婆去火车站，车上她们双手互握，紧紧靠在一起，仿佛这样就能不被拆散。在验票口前，她们都哭了，依依不舍的模样像是两个孩子，太阳西下还不肯回家。姨婆频频回头，奶奶不停挥手，距离渐渐拉远，彼此说什么再也听不清，于是她们不停地喊着，再见！再见！

姨婆的身影消失了很久，奶奶还伫立在送行的人群中。

那年她七十八岁，姨婆也有八十岁了。

当时奶奶的健康已经开始走下坡，我想，她和姨婆都心知肚明，这次相见之后，或许就是再也不见。

我上前去，握住她充满皱纹的手，奶奶转头看我，勉强露出一丝笑容："多看一眼也好。"

消逝的时光，决堤的感伤，尘满面，鬓如霜，不语泪千行。

5

爷爷在我十岁的那年去世，发生得很突然，他没有受很多苦，大家都说是福气。

失去同甘苦大半辈子的老伴，奶奶一下子垮了下来，她日夜哭泣，瞬间老了很多。无论大家怎么劝说，她都置若罔闻，喃喃念着曾说要照顾她一辈子的爷爷，怎么能说话不算话，丢下她先走。从前坚强刚毅的奶奶现在像个软弱无助的孩子，不停重复这个问题，问爷爷，问我们，也问她自己，但没有人能回答。

爷爷有个好朋友，我们都喊他冯爷爷，是他陆大二十三期和黄埔十三期的同学，从我有记忆开始，他就常常来家里走动。他是一位很挺拔的老先生，在爷爷过世之后依旧维持每个月探访奶奶的习惯。他总是戴着一顶帽子，拄着拐杖，客气地称呼奶奶为大嫂。

冯爷爷有时候自己来，有时候带着太太，通常大家没说上两句话，奶奶就哭了。

从没看过奶奶在别人面前哭的我，那阵子见到她储存了大半生的眼泪。多年的离乡背井，亲友四散，生活艰难从冰河中溶解，继而倾泻而出，想说的话都在波涛中，聚成一条岁月的川流，横跨几十年。

冯爷爷离开的时候，爸爸都会请司机送他们回去，我看着他上车的背影，恍惚间好像能看到些许爷爷的样子，难过似乎也少了一点。我当时不明白，后来才了解自己得到安慰的原因，是因为知道除了自己，还有人将我们深爱过的人珍藏心中，并且不吝让我们知道。

上一代的人和现在不一样，那时候时间比较缓慢，情意比较绵长，爱一个人终其一生，朋友兄弟是一辈子。

6

后来我去了加拿大，和奶奶见面的机会从每天变成每年，我看着她丰满的身形渐渐衰老，挺直的背脊慢慢弯曲。年纪这件事很奇妙，过了一个年纪就会倒转时钟，让人逆生长。以往严厉的奶奶像个孩子，棱角被思念磨得润滑，她对我们不再讲究规矩与纪律，只盼望早点与我们重逢，祈求晚点和我们分开。

每次回台湾看她的时候，她明明知道班机抵达的时间，但总是一大早就倚在门边等待。等我扑进她怀里，她又不敢相信，喃喃念着不知道是不是做梦。

接下来几天，已经不大下厨的奶奶会煮各种好吃的，看我们吃得碗底朝天，她就满脸笑容。菜单里当然也包括腊肉，其实我一直觉得它很咸，也不喜欢吃肥肉，但不想扫她的兴，总是很努力多吃几块。

等到要离开的时候，奶奶总是哭着说，自己年纪大了，不知道这辈子还能不能和我相见。我抱着她，像哄孩子一样地拍着她的背脊，如同当年奶奶对曾祖母发誓一样，保证一定很快再回来看她。爸爸怕奶奶舟车劳顿，不让她去机场，于是她只好目送我上车，直到我的身影变得很小很小，才转身进门。

我上大学后，奶奶被检查出罹患肝癌末期，因为年事已高，治疗过程很辛苦。她撑过开刀，但还是没办法控制癌细胞扩散，到最后瘦得只剩一把骨头。我看着记忆中总是打扮得体的她躺在病床上，曾经丰润的手臂上吊着松弛的皱皮，以胎儿的姿势蜷缩在床的一角，像一只渺小的虾米。

到底癌症是什么，突如其来地出击，抽丝缠绵地撤退，拥有铁打般意志的奶奶被彻底打败，时不时因剧痛而发出呻吟，每一声都狠狠扎在我们的心上。

最好的医生和最大的病房都已失去意义，大家都明白能做的只是拖时间，可没有人敢下决定。

奶奶最后一次入院是在夏末，我和弟弟准备回加拿大上学，临走前我在病床旁和她说话。她用蚊蚁般微弱的声音对我说："这次奶奶没办法送你走了。"

以前每次告别，我都能忍住不哭，有时还能开个玩笑逗她，搂着奶奶一阵乱亲，故意让她骂我涂得她脸上都是臭口水。这次我费尽力气都笑不出来，只能在奶奶脸上轻轻一吻，哽咽地说没关系。

回加拿大后的两个礼拜，我又搭上回台湾的班机。 弟弟和我同一班，不同以往的迫不及待，我们的头像是千斤般重，抬都抬不起来。我替他把毯子掖好，在昏暗中看见他的眼睛闪烁，我正好相反，眼睛酸涩却一点睡意也没有。

飞机轰隆隆地开，飞向似乎永远不会亮起的黑夜，我睁着眼睛，心想要是一直醒着，说不定时间就能就此停留，不往前走。

风尘仆仆抵达医院的时候，奶奶已经弥留，在我们到了之后没多久就离开了。

7

十几年后，当时痛哭着说自己从此是孤儿的爸爸，现在谈起爷爷奶奶，也能够用无限怀念的口吻聊以前的趣事。我们离开台湾那年，留下了一只狗与一只乌龟，狗狗当然早已不在，乌龟还生龙活虎。爸爸把它放在院子的鱼池中，喂食的时候会感慨又气愤地对它说："你这个老东西，奶奶都不在了，你倒是挺长寿的啊！"

面对爸爸的迁怒，乌龟眨眨眼，咬起一片包心菜，转头悠然隐身在绿波之间。

大家都会说，时光是看不见的，但其实它无所不在。岁月刻画山川，蔓延在眉眼，四季凝聚百雪，覆盖住鬓发。长大与老去有时都在一瞬间，像失去，像得到，像终于明白世界上有很多事，不是披星戴月地赶，咬紧牙关地忍就会实现。

就像我虽然拼命信守诺言，奶奶也努力撑到最后，可无论我们多么想，都没来得及和对方说再见。

不知道的是，有天我们在更好的地方重逢，彼此都是什么模样；如果我已垂垂老矣，爷爷奶奶还认不认得出来。可能到时候，我们会以对方记忆中的模样出现，更可能都脱离肉体，以精神相认。

分开多年，我有很多事要对他们说，我想告诉爷爷，扬州比想象的更美，站在祖坟前的那个下午，拂面的清凉是不是他也在。后来我还去过湖南，搭车的时候居然听得懂师傅的口音，感觉无比亲切。

也许再见面的时候，会不知道从哪里启口，不过没关系，说不完的那些，第二天再继续就可以。我们拥有全部的时间，从此不会再离别。

出道之后，我曾经接受一个访问，问及从小离开台湾去读书有没有什么遗憾的地方。顿时，我的脑海里浮现奶奶靠着门框，流泪挥手的身影。闭上眼睛，仿佛又能闻到那股特别的肉香，那是奶奶记忆中的故里，也是思念的味道。当时觉得太咸的腊肉饭，我再也没有机会尝一尝。

消逝的时光，决堤的感伤，尘满面，鬓如霜，不语泪千行。

用这一篇文章作为全书的结束，也算是一个带有个人色彩的短暂告别。某著名作家曾说过，骄傲败给时间……缠绵败给流年……那么，对我来说，文字是追赶时间、镌深记忆的唯一方式。我们这一生都无法踏入同一条河流，然而此时此刻的欢喜与想念都已经完美地凝固在文字的琥珀中。

谢谢读完这本书的你。谢谢你和我一起经历了书里所有的悲欢离合，见证了每一个故事的起承转合。也许我们终会在世间失散，但在那之前，请一定好好珍惜和陪伴你爱的人。

穆熙妍